소설의 순간들

박금산
소설집

소설의 순간들

비채

머리말

플래시 픽션에서 언제나 1등으로 언급되는 소설은 여섯 단어로 이루어져 있다. "For Sale, Baby Shoes, Never Worn." 이게 소설의 전문인데 어떤 판본에는 "For Sale" 다음에 콤마(,)를 넣지 않고 콜론(:)을 넣은 형태인 "For Sale: Baby Shoes, Never Worn"이라는 문장으로 전해진다. 콤마와 콜론은 단어로 치지 않는 문장부호이므로 소설의 분량은 똑같이 여섯 단어이다.

작가의 이름 : 어니스트 헤밍웨이Ernest Miller Hemingway

발표 매체 : 식당의 테이블 냅킨

헤밍웨이는 알겠는데 테이블 냅킨이라니? 헤밍웨이가 살던 시대에는 트위터나 인터넷 게시판이 없었다. 문학 작품 발표 매체는 대개 신문이나 문예지였다. 플래시 픽션의 역사에서 전설이 된 여섯 단어가 테이블 냅킨에 적히게 된 사연은 이렇다고 한다. 헤밍웨이가 식당에서 여섯 단어로 소설을 쓸 수 있다고 말하자 당연히 친구들이 딴지를 걸었고, 준비가 돼 있던 헤밍웨이는 내기를 제안했으며 모두 10달러씩 베팅했다. 이긴 사람이 전부 갖기로 하고. 헤밍웨이는 테이블 냅킨을 한 장 뽑았다. 그리고 펜으로 유유히 적었다. "팝니다. 아기 신발. 한 번도 안 신었음." 쿵! 감동이 일었고 헤밍웨이는 판돈을 쓸어갔다.

무엇보다 도박장을 만든 헤밍웨이에게 큰 박수를 보낸다. 베팅을 끌어낸 것부터가 헤밍웨이의 전략이었다. 그런데 모두가 이겼다는 것이 이 도박의 '있을 수 있는' 전설이다. 기분 좋게 판돈을 털린 사람은 누구? 여섯 단어에 매료되어 감동을 느낀 '첫 독자'들!
스토리 콘텐츠가 문화 시장에서 어떻게 유통되는지 늘 관심을 두고 있는 소설가로서 나는 여섯 단어 이야기를 떠올리며 생각했다. 어떻게 하면 내 이야기를 거래할 수 있을까. 시집과 소설집의 중간 형태로 컬렉션을 만들어 내밀면 되는 걸까? 헤밍웨이처럼 여섯 단어로 줄이지 못한 채 길게는 A4용지 4장, 짧게는 3분의 1장으로 '길어진' 내 이야기를 도박장에 보내려면 어떻게 해야 할까. 독자가 기분 좋게 판돈을 털리는 느낌은 언제 어떻게 받는 것일까. 재미와 감동이라는 해와 달을 개기일식처럼 겹쳐서 읽는 사람의 눈앞을 깜깜하게 만드는 방법은 무엇일까.

이 책의 어느 소설에 나오는 표현을 빌려 말하자면 "더 줄이지 못해 죄송합니다"가 나의 솔직한 심정이다. 파스칼이 말했다고 한다. "독자에게 미안하다. 시간이 없어서 줄이지 못했다." 이 말을 늘 생각했다. 한 계절에 하나씩 이야기를 만들었고 모두 스물다섯 편이다. 6년이 조금 넘는다. 그것을 머나먼 다인종 국가로 비행기 타고 가져가 1년 동안 살면서 다듬고 줄였다. 의도한 것은 아니었는데 그곳이 헤밍웨이가 10여 년 머문 곳과 겹치는 우연이 발생했다. 줄이고 줄였는데 이만큼밖에 못 줄였다. 시간이 없어서 줄이지 못한 것이 아니다. 이야기들이 더 줄어들지 않으려고 발버둥 쳤기 때문이다. 지는 셈 치고 이 정도의 '짧음'에서 멈추었다.

어떻게 하면 헤밍웨이도 이기고 친구들도 이긴 도박판 같은 책을 낼 수 있을까?

이런 결정을 내렸다. 개기일식 때처럼 세상의 모든 독자가 어둠에 갇히는 어처구니없는 환상에서 깨어나기! 그건 지금까지 존재했던 어떤 '출판신'도 하지 못한 일! 그러면 이제 어떻게? 고민을 하는 동안 시간이 흘러갔다. 환상을 버리고 욕심을 줄였다. 순서대로 말하자면 다음과 같다.

첫째, 독자를 선택하자. 왜? 모든 독자의 관심을 끄는 것은 신도 못 하는 일이므로. 그러면 어떤 독자? 둘째, 짧은 이야기 읽기를 좋아하는 독자를 선택하자. 왜? 이것은 짧은 소설이니까. 더 좁힌다면? 셋째, '나도 쓸 수 있겠다'고 용기를 내는 독자를 상상하자. 넷째, 그 독자가 소설을 쓰는 데 도움을 주자. 다섯째, 그 독자가 스토리 콘텐츠 공모전에 나가 상을 받고 상금을 타는 데 헌신하자. 여섯째, 그러기 위해서는 소설을 공부하고, 창작하고, 가르치는 사람으로서(사실, 나는 문예창작을 가르치는 교수이므로) 나를 융합하기로 하자. 일곱째, 내 책을 사서 '다행이다'라고 느끼게 하자. 여덟째, 내 작전에 동의하는 편집자를 찾아가자.

편집자를 찾아가 원고를 보여주었다. 윈-윈 작전에 대해 애기했다. 편집자는 말했다. "독자에게 잘 다가가셔야죠."어떻게? 편집자는 이 책에 실린 각각의 소설이 독립적인 구조를 가지고 있으나 발단의 순간, 전개의 순간, 절정의 순간, 결말의 순간이 두드러지게 나타나는 작품들이 그룹으로 묶인다고 했다. 완결성이 부족하다는 뜻인가? 겁을 먹었다. 편집자가 말했다. "사실 다 독특한데 백일장에서 1등 먹은 소설 같잖아요. 전부 다." 나는 1등이라는 말에 우쭐해서 감동을 먹었다. 겁을 먹고 쫄고 있던 터라 마음이 놓였다. '백일장용'이라는 말에 대한 설명은 생략. 어쨌든 1등만 기억하기로 편하게 마음먹었다. 그러자 진도가 나갔다.

"순간을 콕 집어서 쓰셨는데 기법적으로 그렇게 보여요. 공간을 주면 어떨까요? 발단의 특징이 있는 소설은 뒤를 비워서 독자가 채울 수 있게 하고……."

"그러고요?"

"다른 클라이맥스를 연상시키면 절정, 많은 일이 있었는데 이렇게 마무리 된다는 느낌을 주는 소설은 결말. 그렇게 배치해서 독자가 앞뒤 이야기를 만들어보도록 하는 거죠. 가스레인지 스파크를 튀겨주는 것처럼 소설을 툭 던지는 거예요."

"던지면 끝인가요?"

"아니죠. 발단, 전개, 절정, 결말에 대한 작법을 간결하고 재미있게 쓰셔야죠."

"제가요?"

"그럼 누가요?"

"글을 또 쓰라고요?"

"그게 직업이잖아요. 가능하시겠어요?"

"알았어요. 저는 글을 쓸게요. 편집자님께서는 책을 잘 만들어주세요."

이렇게 해서 발단을 쓰는 것에 대하여, 전개를 쓰는 것에 대하여, 절정을 쓰는 것에 대하여, 결말을 쓰는 것에 대하여 글을 썼다. 소설을 네 순간으로 나누어 배열했다. 내친김에 기본기를 잃으면 어떻게 슬럼프에 빠지는지에 대해 쓴 에세이, '테니스 코트에서 소설을 창작하기'를 후기에 달기로 했다. 스물다섯 편을 쓰는 와중에 쓴 에세이이다. 인터넷에서도 검색되는 글이다.

나는 이야기의 공간, 편집자는 책이라는 물리적인 공간을 만들었으니 독자는 그 공간을 소유하며 '다행이다'라고 느낀다면 좋겠다. 편집자가 말한 대로 이 소설이 스파크로 작용해서 독자가 자신의 소설을 얻게 된다면 우주적인 기쁨이 일겠다. 그것이 윈-윈일 것이다. 판돈은 내가 슬그머니 챙기고. 독자는 더 큰 스토리 시장으로 가시고. (한 마디로 돈이 되었으면 좋겠다.) 웰컴 투 플래시 픽션 가이드 북!

차례

소설의 순간들

발단

발단에 대하여

대체로 9회 말 투 아웃 만루 상황을 염두에 두는 것이 좋다.
발단을 워밍업이라고 생각한 적 있다면 그 생각을 폐기해야
한다. 서핑으로 말해볼까? 바다로 걸어가는 것을 발단이라고
생각한 적 있다면 그 생각을 완전히 폐기하시라는 뜻이다. 좋
은 파도를 기다리며 바다를 바라보는 것을 발단이 될 수 있다
고 생각하는 태도도 버리시라. 멋진 파도가 왔고, 그것을 잡기
위해 팔을 젓기 시작하는 것이 발단이다.

9회 말 투 아웃 만루 상황에서 작가는 타자를 잡아야 하는
투수이다. 마지막 상대 타자를 세워두고 던지는 첫 투구. 그
것이 발단이다. 1회 초 1번 타자가 타석에 들어서는 것이 발
단이 되어서는 곤란하다. 독자들 다 도망간다. 독자는 작가가

9회 말 투 아웃 만루 상황에 서 있는 투수임을 알 수 있게 해야 한다. 긴장된 상태에서 출발해야 하는 것이다. 미스터리는 처음에 시체가 등장한다. 스릴러는 필름이 돌아가고 몇 초 안에 살인사건이 일어나야 한다. 그것이 9회 말 투 아웃 만루이기 때문이다. 발단은 시작이 아니다. 소설의 시작이지만 이야기의 시작은 아니다. 9회 말 투 아웃 만루는 당연히 타자에게 역전타를 날릴 수 있는 상황이어야 제대로다.

투수는 타자를 잡을 방법을 세워놓고 던져야 한다. 대충 공을 던져놓고 타자가 어떻게 나오는지 간을 보는 것이 아니라 타자의 반응이 예상되어 있는 어떤 공을 던져야 한다. 그래야 이긴다. 9회 말 투 아웃 만루 상황에서 던지는 첫 공, 소설의 발단이다.

에이스는 신촌에 갈 것이다

　일요일 6시, 정기 모임이 열린다. 세 명이 랠리를 하면서 몸을 푼다. 4인조 복식 게임이 시작되려면 한 명이 더 와야 한다. 라켓 가방을 메고 와서 눈치 보던 노인이 슬그머니 코트로 들어선다. 늙은이가 주책이지만, 한 번만 끼워줘, 하면서 게임을 제안한다. 세 명은 다른 회원이 오기 전까지 노인을 접대해주기로 한다. 테니스는 그렇게 하는 것이라고 배웠다.

　게임이 시작된 뒤 한 명의 회원이 도착한다.

　그 회원은 시각을 체크하면서 노인의 플레이를 관전한다.

　노인이 속한 팀이 승리하면서 게임이 끝난다.

　노인은 한 명의 회원에게 자리를 꿰차서 미안하다고 말한 후 경기 품평에 들어간다. "A씨가 항시 여유가 있고, B씨가 욕심을 안 부리니까 다음으로 낫고, 젊은 냥반, 저 냥반은 컨트롤을 안 해. 내가 세어봤는데 한 번을 안 하더라고, 한 번을. 미안햐, 인자 나는 빠질 터니께, 젊은 사람들끼리 재미있게 쳐." 그의 품평 속에서 '젊은 냥반'으로 호명된 에이스는 코트 철책 사이로 침을 찍 뱉는다.

노인은 4주 연속 1등으로 도착한다. 에이스가 회원들에게 말한다. "매너가 없잖아. 음료수라도 사 들고 오든가. 사람 모자랄 때 한 게임 정도 하면 되지 두 게임, 세 게임 하려고 들잖아. 코트 사용료도 안 내고." 회원들은 말한다. "저러다 말겠지." 에이스를 포함해서 회원은 모두 여덟 명이다.

6주째. 월 회비를 걷는 날이다. 그동안 에이스는 노인이 낀 경기에서 통산 승률 제로이다. 같은 편이 되어도 졌고, 상대편이 되어도 졌다. 그는 노인이 다음부터 나오지 못하도록 면상을 한번 갈겨주는 것이 목표였다. 총무가 큰 소리로 말한다. "회비 걷겠습니다." 회원들이 지갑을 열고 지폐를 꺼낸다. 에이스는 노인을 바라본다. 노인은 지갑에서 명함을 꺼내더니 회장에게 다가간다. "신촌에 오면 꼭 연락해. 열 명이든 스무 명이든 밥 살 테니까." 노인은 슬며시 회원들을 외면하면서 코트로 들어선다.

경기가 시작된다. 에이스는 발리 위치에 자리를 잡고 노인과 마주선다. 노인 팀의 서비스로 경기가 시작된다. 에이스의 스텝이 경쾌하다. 드디어 면상을 맞힐 수 있겠다 싶은 공이 날아온다. 에이스는 준비동작에 들어간다. 라켓 헤드를 들어 올리고 손아귀에 힘을 준다. 그의 시야 속에서 공이 점점 커진다. 에이스는 노인의 자리를 바라본다. 노인도 공을 바라보고 있다. 순발력을 잃고 외로워진 노년의 눈동자가 두려워 흔들리는 것이 그의 눈에 잡힌다. 피할 수 없을 것이다.

스매시가 네트에 처박힌다. 에이스가 실점하고 경기는 계속된다.

노인이 서브를 넣는다.

강물 속에 문이 있다는 말

아내가 말했다.

"강물 속에 커다란 문이 있어."

남자는 아내가 빠르게 흘러가는 강줄기를 떠올리면서 말한 다고 믿었다. '그 문에 손잡이가 달려 있니?' 하고 묻고 싶었 다. 그런데 아내의 손을 잡고 있는 장소가 병실이라는 사실이 새삼 낯설었다. 아내는 주삿바늘을 꽂은 채 누워 있었다. 남자 는 속으로 말했다. '네가 기운을 차리면, 그때 강물 속의 문이 어떻게 생겼는지 그림으로 그려줘.' 아내가 허공을 향해 양팔 을 벌렸다. 남자는 허리를 굽혔다. 아내의 품 안으로 상체를 숙 였다. 아내가 남편의 등을 토닥였다.

남자는 집으로 돌아갔다. 거실에 불을 켰다. 베란다 유리창에 거실이 비쳤다. 남자는 아이의 방으로 들어갔다.

아이가 쓰던 침대에 누워 잠이 들었다.

꿈에 우물이 나타났다. 둥그런 우물이었다. 남자는 우물 난
간에 기대었다. 허리를 굽히고 상체를 숙여 물에 얼굴을 비쳤
다. 우물에는 남자의 얼굴이 아닌 아내의 얼굴이 나타났다. 남
자의 이마에서 땀이 한 방울 떨어졌다. 수면이 잔잔하게 흔들
렸다. 남자는 잠에서 깼다. 거울로 달려가 얼굴을 보았다. 거울
속에는 자기가 표정 없이 딱딱한 얼굴로 서 있었다. 남자는 병
원으로 달려갔다.

사흘 후, 남자는 장례식에 지쳐 집으로 돌아왔다.

밤이었다. 땅에서 개 짖는 소리가 올라왔다. 남자는 개소리
에 아파트 공기가 뒤흔들리는 것을 느꼈다. 창문을 열었다. 달
이 밝았다. 개는 계속 짖었다. 베란다로 나갔다. 아래를 내려다
보았다. 개는 달을 향해 짖었다. 남자는 생각했다. 저 개는 달
속에 무엇이 들어 있다고 상상하면서 짖는 것일까. 남자는 홍
수에 쓸려간 아이를 생각했다.

아내의 말에 따르자면 강물 속에는 커다란 문이 있었다. 남
자는 강이 보이는, 반대쪽 베란다로 나갔다. 어둠 속에 커다
란 문이 있었다. 강물 속에는 커다란 문이 있다고, 남자는 생
각했다.

사랑하다 운다

미용실에서 남자가 주문한다.

"새치 염색이 필요합니다."

미용사가 말한다.

"알겠습니다. 약을 먼저 바른 후에 30분 정도 기다리셔야 착색이 됩니다."

남자가 말한다.

"좋습니다."

미용사가 염색약을 바른다.

남자는 착색되기를 기다린다. 신문을 읽는다. 한 청년이 미용실로 들어선다. 박박 깎은 머리카락이 3센티미터 정도로 자란 것 같다. 어떤 식으로 스타일을 꾸미려는 것일까. 남자는 청년의 동태를 살핀다.

미용사가 말한다.

"고객님, 어떻게 도와드릴까요?"

청년이 말한다.

"스크래치 하나 내주세요."

미용사가 말한다.

"어디에서 어디까지 넣어드릴까요?"

청년이 말한다.

"여기에서 여기까지요."

청년은 손가락으로 두상을 가른다. 그가 가리킨 선대로 뼈를 가른다면 머리 뚜껑이 열릴 것 같다. 남자는 웃음이 나오려는 것을 참는다.

미용사가 바리캉으로 흰 선을 만든다. 정교하게 직선을 가다듬는다. 청년의 머리에 횡단선이 그어진다.

미용사가 작업을 정리하면서 말한다.

"멋있네요. 특이하고."

청년이 말한다.

"3일 뒤에 군대에 끌려가요."

미용사가 거울로 청년의 얼굴을 바라본다. 청년은 세상이 끝났다는 표정을 하고 있다.

청년이 나가고, 소녀가 들어온다. 소녀는 청년이 앉았던 자리에 앉는다. 명랑하게 말한다.

"잘라주세요."

소녀의 머리카락은 등을 덮을 만큼 많고 길다.

미용사가 말한다.

"얼마나 자를까요? 다듬어줄까요?"

"아니요. 숏컷으로요."

"숏컷?"

"네."

미용사가 빗으로 머리를 빗긴다. 가위를 들고 망설인다.

소녀가 말한다.

"머리카락이 얼마나 많이 빠지는지 몰라요. 샤워할 때마다 수챗구멍이 막혀서 물이 바닥에서 넘쳐요. 제가 항암제를 먹거든요."

소녀는 명랑하게 말한다.

두 사람의 대화를 듣던 남자는 충격을 받는다.

미용사가 말한다.

"머리카락이 어깨에 닿으면 뻗쳐서 관리하기 불편하니까 약간 더 짧게 자르는 것이 좋겠네요. 감고 말리기 편하게 잘라줄게요. 치료 잘 받고요……."

미용사가 가위를 잡는다.

소녀가 숏컷을 마음에 들어한다.

소녀가 나간 후 남자는 소녀가 앉았던 자리에 앉는다. 미용사에게 염색을 다시 주문한다.

"흰색으로 바꿀 수 있나요?"

미용사가 말한다.

"탈색을 원하시는 건가요?"

"백발을 만드는 게 좋을 것 같아서 말입니다."

"그럼 다시 약을 발라야겠습니다."

미용사가 약품을 준비한다. 암갈색으로 물들던 머리카락을 씻어내고 탈색 약을 바른다. 남자는 상상에 빠진다. 입대하는 청년과 암 환자 소녀. 맹렬히 사랑한다. 사랑하다 운다. 신음……. 자라는 것들이 소리를 낸다. 삶이란 얼마나 고요한 것이었던가.

남자가 백발로 미용실을 나선다.

정신과 상담

"지난번에 환자들 상담 내용 중에 불륜은 정말로 흔한 소재라고 말씀하셨는데, 엄청 궁금한 게 있어요."
"네, 불륜 많죠."

"제가 궁금한 거는요."
"네."

"자기 자신의 불륜 때문에 힘들어서 상담을 신청하는 사람도 있는가 하는 점입니다."
"자기 불륜 때문에 상담을 하는 경우요? 자기가 바람을 피우면서 상담을 신청한다고요? 넌센스죠!"

"왜요?"

"그런 경우는 없어요. 주로 배우자의 불륜 때문에 힘들어서
오죠."

"저는 불륜에 빠진 자신을 견디기 힘들어서 상담을 하고 약
을 받으러 오는 사람이 있을 것 같다는 상상을 했습니다."

"그런 경우는 경험하지 못했습니다. 모르겠어요. 제도적 측
면을 떠나서 한 개인의 측면으로 보면 불륜에서 제일 큰 게 신
뢰와 자존감 문제인데 부인이 바람을 피우면 남편은 자존감이
무너지더군요. 부인이 불륜을 저질러서 그걸 못 참는 남편이
상담을 오는 경우는 제법 있습니다. 남편이 바람을 피우다 걸
려서 부인한테 끌려오기도 하죠."

"남편이 바람을 피우다가 부인한테 끌려온다 하심은, 남편
이 바람피우는 것을 질병으로 인식하는 부인이 병원을 찾아왔
다는 말씀이시죠?"

"그런 경우가 있었지요. 네가 병이니깐 가서 치료받아라. 그
런데 웃긴 게 대개 우리나라는 성관계를 가졌느냐 안 가졌느
냐를 기준으로 불륜을 판가름하는데, 그리고 상대방을 매도하
고 귀책사유가 일방적으로 외도자에게 있다고 주장하는데, 사

실 잘 살펴보면 쌍방이거든요. 물론 부부간의 외도 문제는 해결하기 힘들긴 해요. 원체."

"아까 얘기했지만, 소설적인 상상으로 말씀드리자면 만약 자기 자신의 불륜 때문에 힘들어서 상담을 신청했다고 했을 때 의사 선생님은 어떻게 반응하나요? 가령 제가 어떤 이성이 좋아져서, 이웃집의 부인이라고 합시다, 그것 때문에 힘들어서 내담자로 왔다고 가정했을 경우를 상상해본다면 말입니다."

"병원에 찾아올 정도로 힘들면, 그걸 아는 사람이면, 멈추겠죠."

"멈추지 못해서 힘든 경우를 말씀드리는 겁니다."

"음, 그렇다면 중요한 걸 찾아보겠죠. 불륜 때문에 자기가 힘들다고 주장하지만 핵심 문제는 그게 아닐 가능성이 많거든요. 환자들은 그냥 눈에 띄는 거, 드러난 걸 핵심 문제로 생각하고 의사한테 얘기하는데 그게 아니거든요. 핵심 원인이 아닌 것에 에너지를 집중하고 주야장천 찾으려 해봐야 괴로움에서 벗어나기가 좀 힘들죠. 만약 그런 사람이 온다면 왜 자신의 불륜으로 왜 괴로워하는지, 성장과정이 어땠는지 쭉 들어보겠죠. 왜 힘들어하는 사람이 됐는지. 불륜은 중요한 게 아닐 겁니다. 핵심이 다른 것에 있을 거예요."

"사랑에 빠진 것 때문에 힘들어요, 라는 말은 핑계라는 거죠? 다른 중요한 기제를 감추고자 하는?"

"네! 사랑이든 뭐든 무엇, 무엇, 때문에 힘들어요, 라고 사건을 들고 오는데 그건 핵심 소재는 아니에요. 그러나 거기에 관심을 가져는 줘야겠죠. 무엇 때문에 힘들어요, 해서 온 경우 그게 핵심 문제였고 제대로 된 원인이었다면 스스로 해결하지 못했을 리가 없어요. 그러면 괴롭지 않아요. 그런데 병원에 오는 환자는 그것 때문에 괴롭고 힘들다고 하소연합니다. 핵심 문제가 그게 아닐 가능성이 많은데 말입니다."

"그럼 그 근원이 뭔지 어떻게 찾을지 궁금하네요. 그게 의술인가요?"

"단순히 의술이라고 부르긴 좀 그러네요. 일반인들이 정신과 의사에 대해서 오해하는 부분이 많은데요. 정신과 의사는 기본적으로 바이올로지스트^{biologist}예요. 핵심 원인을 찾는 과정을 상담이라고 한다면 그건 부수적이고 그 스킬은 치료자마다 천차만별이죠."

"초심자 의사는 수사관이고 고수는 뭐라고 하셨더라, 치료 플랜을 짜는 과학자라고 하셨던가요? 선생님의 블로그에서 읽었던 기억이 나네요."

"보통 상담을 통해서 성장과정부터 일대기를 들어보고 핵심 문제가 어디에 있는지 파악합니다. 초심자 의사는 사건에 집착하는데요, 좀 아는 사람은 직감으로 알죠. 아까 말했듯이 사건은 핵심이 아닙니다. 그런데 어려운 게 뭐냐면 환자가 사건^{event} 때문에 힘들다고 왔는데 중심^{core}을 파악했다고 곧바로 지르면 환자가 못 받아들인다는 점이에요. 때와 장소를 가려서 환자가 받아들일 수 있을 때 핵심을 아주 젠틀하게 이야기해줘야죠. 중심은 대개 환자 스스로 받아들이기 힘든 거니까요. 유년기에 부모로부터 학대를 받았다거나 버려졌던 경험이 있다거나……. 여성의 경우에는 성폭력을 당했다거나…… 과잉보호를 받았다거나. 성장과정을 듣는 것은 중요하죠. 환자는 고통의 근원을 스스로 발견하지 못하고, 초심자 의사는 원인을 다른 곳에서 주야장천 찾으니 해결이 잘 안 되죠. 쉽지 않아요. 코어를 찾은 다음에도 힘들어요. 환자가 인정을 잘 안 하려고 하면요. 강요해서 받아들여지면 의사인 제가 골치 아플 일도 없어요. 마치 그런 거 같아요. 말할 수 없는 비밀에 침묵을 지키고 있는 꼴."

"다시 물을게요. 자기가 빠진 사랑, 불륜 때문에 상담을 받으러 온 사례는 한 번도 없었다는 거죠? 사랑 때문에 힘들어서 약물을 처방받으러 온 경우?"

"없어요."

"이상해요. 있을 것 같은데. 배우자 아닌 사람이 너무 좋아서 일상생활이 힘든 경우가 있을 것 같은데. 자기가 빠진 사랑의 덫에 걸려 자책하면서 병에 걸린 사람이 있을 것 같은데요."

"그런 사람은 소설에나 있는 거고요. 소설가 선생님! 현실에서 정신과 의사가 하는 일은 3D 업종에 가깝습니다. 남녀 문제를 말씀하셨으니까 예를 들어볼게요. 좋아하는 사람한테 칼을 들고 죽여버리겠다고 휘두르는 미친놈을 생각해보십시오. 자살하겠다고 자기의 손목이나 목을 긋는 사람을 생각해보십시오. 그 행위를 발작적으로 반복한다고 생각해보십시오. 그런 상황하고 비교하면 정신이 번쩍 들지 않습니까? 불륜 때문에 힘들다? 원인은 그게 아닐 겁니다. 제가 병원에서 만나는 환자는 그런 사람들이 대부분이에요. 자기 연애 문제로 자기 부모한테 칼을 휘두르는 환자도 있지요. 정신과 의사는 소설가 선생님이 상상하는 것 같은 고상한 직업이 아닙니다. 칼부

림이 눈앞에서 왔다 갔다 합니다."

"제가 말한 것처럼 자기 불륜 때문에 힘들어서 상담을 온다
는 건 상상하기 힘들다는 거죠?"
"같은 말을 반복하시네요. 말씀드렸잖아요. 없다고요. 저도
같은 말을 반복하게 되네요. 그건 불륜 때문이 아닙니다. 불륜
의 경우 이런 일은 있었어요. 자기가 저지른 불륜 때문에 이혼
을 하고, 사업이 망하니까 너무나 괴로워서 치료를 받으러 온
경우가 있었죠."

"그럼 무엇 때문이죠?"
"뭐가요?"
"핑계라면서요."
"뭐가요?"

"제가 만약 불륜 때문에 힘들어서 상담을 신청한다면 그건
핑계이지 코어가 아닐 거라 하셨잖아요. 그럼 코어가 뭐죠? 무
엇 때문에 힘들어하는 거죠? 중심이 뭐죠?"
"그건 상담을 해봐야 알죠. 길게."

"어떻게요?"

"먼저 제 병원에 오셔서 접수하시고, 돈을 내셔야 합니다. 돈을 내셔야 환자로서의 권리가 생기는 겁니다. 저한테는 의사로서의 책임이 생기는 거고요. 돈을 걸어야 치료가 좀 잘 됩니다. 그런데 불륜 때문에 힘드십니까?"

"상상하자면 그렇다는 거죠. 그런데 만약 제가 돈을 내고 상담을 신청하면 그런 사례가 선생님께 생기는 거지요? 제가 병원에 간다면 선생님의 영업 전략에 걸려든 셈이 되는 겁니까?"

"큭큭. 그건 알아서 판단하세요. 조금 비싸게 받겠습니다. 큭큭."

어떤 개의 쓸모

그는 베란다에 이불 빨래를 널고 외출한다.

이웃 사람이 그에게 말한다.

"빨래를 자주 하시네요."

그가 말한다.

"이 녀석이 매일 실례를 하네요."

그는 강아지의 목줄을 당긴다.

강아지는 그의 곁으로 와서 보도블록에 소변으로 냄새 점을
만든다.

그는 집으로 돌아와 빨래를 만진다.

빨래는 아직 축축하다.

그는 식탁으로 다가간다.

그는 식탁 위의 쟁반에 놓아둔 야뇨증 치료제를 먹는다.

소설의 순간들

전개

전개에 대하여

전개는 타자의 몫으로 설명하는 게 좋겠다. 9회 말 투 아웃 만루 상황인 것은 마찬가지이다. 투수와 승부가 시작된 이후 에 공을 때렸다고 치자. 때린 다음에 취하는 것이 전개이다. 잘 때렸다고 가만히 바라보고 있으면 어떻게 되겠는가. 발단 만 좋은 소설이 있는데 그런 경우가 해당될 것이다. 제아무리 잘 때린 공이라 하더라도 타자가 1루를 밟지 않아서 아웃되 면 경기는 거기에서 끝난다. 때렸으면 뛰어야 한다. 홈런인 경 우에는 천천히 뛸 수 있다. 그러나 홈런은 열 권짜리 대하소설 같은 것이다. 천천히 걷는 소설은 우리에게 어울리지 않는다.

야구가 아닌 서핑으로 따져보자. 서핑은 네 단계로 이루어 진다. 팔을 젓기, 일어서기, 파도타기, 파도에서 내려오기. 소설의 전개는 서핑에서 보드 위에 올라서는 과정이다. 엎드려서 팔을 젓다가 파도의 힘을 이용해 두 발로 일어나는 것이다. 보드는 전진하고, 몸은 상승해야 한다. 그러니 얼마나 어렵겠는가, 초보에게는. 보드는 좁은 널빤지 같아서 휙 뒤집히기 쉽다. 보드를 안정적으로 보내놓고 그 위에 폴짝 뛰어올라야 한다. 소설의 전개도 그렇다. 앞으로 나아가면서 주변을 둘러보아야 한다.

좋은 전개는 그것을 따로 떼어놓았을 때 독자가 앞뒤를 상상하면서 흥미를 느끼게 한다. 앞도 있고, 뒤도 있으니, '전개'는 외롭지 않아 참 좋겠다.

네가 미칠까 봐 겁나

B는 성실하고 책임감이 강했으며 사랑에 의심이 많았다. 이공계열의 남자로서 증거를 수집하고 분석하는 데에 능했다. A와 한 집에서 살던 어느 날, 그는 A의 가방에서 영수증을 발견한 후 잠을 이루지 못했다. 영수증을 찢지도, 씹어 삼키지도 못한 채 고이 접어 지갑에 보관했다. 행여나 영수증이 증발할까 봐 때때로 꺼내어 내용을 읽고 또 읽었으며 스마트폰 카메라로 찍고 또 찍었다. 영수증에는 영화 상영 시각과 좌석번호가 찍혀 있었다. A가 낮에 영화를 본 것이다. 영화 자체는 문제가 안 되었다. B는 영수증에 박혀 있는 '스위트 박스'라는 문구 때문에 괴로웠다. '스위트 박스'는 가운데에 팔걸이가 없어서 연인이 밀착해서 영화를 보는 좌석이다. 그곳에서 영화를 보

았다고 하니 B는 가슴이 터질 것 같았다.

새벽까지 잠을 이루지 못하고 뒤척였다. A의 전화기에 걸려 있는 잠금을 푸는 데에 매진했다. 혹시 잘못 결제된 영수증이 아닐까 생각했다. 두 시간 정도 힘을 들여서 잠금을 풀었다. 온라인 영수증을 검색했다. 스위트 박스를 구매한 사실이 확인되었다. 그리고 점심을 2인분 구매한 사실이 추가로 확인되었다. 누군가와 함께 영화를 보고 밥을 먹은 것이었다. B는 잠에 빠진 A의 얼굴을 바라보았다. A의 얼굴은 태연했다.

A가 일어나서 B의 출근 준비를 도왔다. B는 최대한 아무렇지도 않다는 말투를 가장해서 취조에 들어갔다. 두 사람은 이런 대화를 나누었다.

B: 어제 뭐 했어?
A: 어제 언제?
B: 점심 때.
A: 똑같았어.
B: 똑같았다는 건 뭐야?
A: 점심 먹었어. 산책했고.
B: 왜 거짓말하니?

A: 무슨 거짓말?

B: 영화 봤잖아. 영화관에 들어가는 걸 봤어.

A: 그랬어? 그럴 수도 있지.

B: 설명해봐.

A: 어제 본 영화를?

B: 누구랑 봤는지.

B는 A의 대답을 기다렸다. A가 심드렁하게 말했다.

A: 혼자 봤어.

B는 그렇게 말하는 A의 입술을 뚫어지게 바라보았다. B가 보기에 A는 철면피였다. B는 지갑을 열었다. 고이 접어서 보관 중이던 영수증을 A 앞에 내밀었다. A가 별스럽게 굴 이유 없다는 듯이 영수증을 편안한 눈으로 바라보았다. '스위트 박스'라는 문구를 아무렇지도 않게 바라보았다. 두 사람은 대화를 나누었다.

B: 영수증이 말하잖아. 두 좌석을 끊었잖아. 누구랑 봤어?

A: 혼자 봤어.

B: 혼자? 말이 되니?

A: 뭐가 말이 안 되니?

B: 2인용 스위트 박스를 끊어놓고 혼자 봤다고? 그 말을 믿으라는 거야?

A: 왜 못 믿겠다는 건지 모르겠네.

B: 혼자서 왜 두 장을 끊어? 거짓말도 좀 가려서 해야 하는 것 아니니? 헤어지고 싶으면 헤어지자고 말을 해! 어떤 X랑 봤는지 왜 얘기 못해?

A: 그러지 마. 혼자 봤어.

B: 점심은?

A: 혼자 먹었어.

B: 끝까지 그럴래?

A: 왜 내가 너한테서 이런 말을 들어야 하니? 회사에서 잘리니까 너도 나를 함부로 해도 된다고 생각하는 거야?

B: 말 돌리지 마. 영화표는 그렇다 치자. 점심 값은 왜 두 명분을 결제한 거야? 너 혼자 2인분을 먹었어? 말이 된다고 생각해? 누구랑 영화를 보고, 누구랑 점심을 먹었는지 왜 못 밝혀?

A가 말했다.

A: 내 영수증을 훔쳐봤어?

B: 우연히 봤어.

A: 영화표는 종이 영수증이니까 내가 흘린 걸 봤다고 치자. 점심 값 영수증은 온라인으로만 있는데, 그걸 어떻게 알았어? 내 전화기에 손댔어? 왜 내 사생활을 훔쳐봐?

B: 네가 전화기를 열어놓고 갔을 때 우연히 본 거야, 병신아. 나한테 보라고 열어놓고 간 거 아니야? 영화 티켓 두 장 끊고 2인분 밥을 샀으면서 혼자 영화 보고, 혼자 밥 먹었다고? 왜 거짓말을 해? 나한테 죄 짓는 것 같아서 말 못 하겠어?

A: 말조심해.

B: 밥 먹고, 영화 보고, 또 뭐했어? 그 X랑!

A: 입조심 해.

B: 나랑 헤어지고 싶어? 원하는 게 그거야?

A: 나도 몰라! 혼자였어! 혼자 먹고, 혼자 영화 보고, 혼자 커피 마시고!

B: 그게 말이 된다고 생각해?

A: 그게 왜 말이 안 되니?

B: 혼밥 혼술을 너만 하는 건 아니야. 그렇지만 너처럼 돈을 두 배로 내면서 그러는 사람은 없어. 설명해봐. 혼자였다고 치자. 그럼 왜 돈을 두 사람 몫을 낸 거야? 미친 거야?

A: 뭐라고?

B: 미쳤다고 한 말은 미안해. 하지만 누구랑 영화를 봤는지, 함께 영화를 본 그 남자가 누구인지 난 알아야겠어. 나는 네게 잘못했다거나 실수한 적 없어. 출근해야 하니까 여기까지 얘기하고, 밤에 다시 얘기하기로 하자.

그날 이후 한 달 동안 두 사람은 대화를 하지 않았다. 필요한 말이 생기면 메신저를 이용해 문자를 주고받았다.

B는 A에 대한 정보를 수집했다. A는 실업급여를 신청하기 위해 열심히 구직활동을 했다. 이력서를 제출한 후 멍하니 TV를 볼 때가 많았다. A가 영화 티켓을 온라인으로 예매했다. B는 예매 내역을 해킹했다. '스위트 박스'였다. 영화 상영 시각은 다음 날 B가 회사에서 일하는 낮 시간대였다.

B는 회사 일을 내팽개치고 영화관으로 뛰어갔다. 상영관 앞에서 A를 기다렸다.

A가 나타났다. B는 몸을 숨겼다. A가 상영관 안으로 들어갔다. 상영관 스위트 박스에서 연인을 만나기로 한 것 같았다. B는 A가 들어간 입구로 들어갔다. A의 눈길을 피해 제일 높은 자리로 올라갔다. 등받이에 몸을 숨긴 채 A를 훔쳐보았다.

A의 연인은 나타나지 않았다. 바닥 조명이 A의 움직임을 비추었다. 연인은 언제 오려는 것일까. A는 기다림에 미련을 두지 않았다. 빈자리에 가방을 툭 던졌다. 가방을 던진 후 외투를 벗어서 휙, 가방 위로 던졌다. 그리고 목도리를 풀어서 그 위에 얹었다. 겨울 외투를 해체하니 한 사람이 앉는 자리가 옷으로 가득 찼다. A는 부츠를 벗어서 바닥에 놓았다. 스위트 박스는 칸막이가 있어서 옆 자리에 앉은 연인들을 방해하지 않았다. A는 두 좌석을 혼자 여유롭게 누렸다.

B는 가슴이 뭉클해짐을 느꼈다. 영화를 혼자 보았다는 말이 거짓이 아니었다는 사실에 마음이 복잡해졌다. B는 계속 A를 바라보았다. A는 등받이에 몸을 기댔다. A는 잠을 자듯이 비스듬히 누워 영화를 관람했다.

B는 A의 뒤를 밟았다. A는 영화관에서 나와 식당으로 들어갔다. 종업원이 나타나 A에게 일행이 있느냐고 물었다. A는 고개를 끄덕였다. 종업원이 A의 맞은편 자리에 물컵을 놓았다. A는 주문을 했다.

잠시 후 종업원이 밥을 테이블에 놓았다. A의 자리와, A가 마주한 빈자리에 1인분씩을 놓았다. 종업원이 돌아간 후 A는 밥을 먹기 시작했다. 잠시 자리를 비운 동행자에게 먼저 먹는 것을 허락받은 사람처럼 다소곳이 밥을 먹었다. A는 말이 없었다. 묵묵히 밥을 먹었다.

밥을 먹은 후 A가 자리를 옮겼다. B는 A의 뒤를 다시 밟았다. A는 호프집 문을 밀고 들어갔다. 4인용 테이블에 앉아 생맥주를 시켰다. 밥을 시킬 때 그랬던 것처럼 동행인의 맥주와 자신의 맥주를 시켰다. 종업원이 두 잔의 생맥주를 테이블에 놓았다. A는 한 잔을 빈자리로 밀고 한 잔을 자기 쪽으로 끌어당겼다. 술을 마실 줄 모르는 허공을 앞에 두고 연신 독작을 진행했다.

B는 A가 거짓말을 한 것이 아님을 확인한 것이 기뻤다. 그러나 왜 마음이 쓸쓸한지 이유를 찾을 수 없었다. 도대체 왜 저런 짓을 하는 것일까! 미친 것이 아닐까! 그런 생각에 빠질 무렵 회사에서 연락이 왔다. 사장이 찾으니 발바닥에 땀나도록 뛰어오라는 내용이었다. B는 밀린 업무를 생각하면서 다급히 택시를 불렀다.

그날 밤 한 달 만에 B가 묻고 A가 답했다.

B: 낮에 뭐 했어?
A: 영화 봤어.

B: 누구랑?

A: 혼자.

B: 밥은?

A: 혼자.

B: 맥주는?

A: 혼자.

A는 암호를 대는 것처럼 '혼자'를 되풀이했다. B는 고개를 끄덕였다. A는 문득 시선을 고정했다. B는 한 달 전에 비해 순순히 A의 대답을 사실로 인정하고 있었다. A가 놀랍다는 말투로 물었다.

A: 그런데 내가 맥주 마신 걸 어떻게 알았어?

B는 당황하며 거짓말을 만들어냈다.

B: 우연히 지나가다가 봤어.

A: 미행했구나?

B: 아니야. 그렇지만 미안해.

A: 미안하다는 건 뭐야?

B: 맥주 마시는 걸 보면서 지나쳐서. 동행이 있는 줄 알았어. 그런데 왜 혼자 그래?

A: 넌 그러고 싶은 적 없어?

B: 글쎄. 없는 것 같아. 혼자 밥 먹는 것 싫어.

A: 사람은 누구나 혼자야.

B: 알아. 하지만 그런 짓을 하는 사람은 세상에 너밖에 없을 거야.

A: 혼자이고 싶을 때 2인분을 시켜놓고 먹어봐. 되게 떳떳해져. 내가 부릴 수 있는 최고의 사치야, 그게.

B는 '너 미쳤구나'라고 말하고 싶은 마음을 참았다. 그리고 곧장 A에게 해줄 수 있는 말이 자기에게는 한 마디도 없음을 깨달았다. A가 말했다.

A: 넌 혼자라는 게 겁나니?

B가 말했다.

B: 응.

A가 말했다.

A: 왜?

B가 말했다.

B: 누구나 혼자니까.

A는 B의 말에 대꾸하지 않았다. 두 사람 사이에 정적이 흘렀다.

소설을 잘 쓰려면

그는 소설을 한 편 완성했다. 그리고 읽어줄 사람을 찾아 헤맸다. '잘 썼다', '대단하다', '재미있다'라고 말하는 친구들의 감상평은 이제 지겨웠다. 귀에 너무 달콤해서 식상했다. 그는 등단을 원했다. 전문가로부터 잘 썼다는 말을 들은 뒤 현상 공모에 도전할 계획이었다.

소설을 읽어줄 사람을 찾는 것은 소설을 쓰는 것만큼 어려웠다. 주위에는 잘 썼다고 말하는 친구들밖에 없었다. 고육지책으로 대학교의 연구동을 찾아갔다. 연구실 문을 두드리자 교수가 들어오라고 했다. 그가 말했다.

"소설을 한 편 썼습니다. 읽어주실 수 있나요?"

교수는 난감한 표정을 지었다.

그를 향해 물었다.

"손에 쥔 그게 소설이니?"

그가 대답했다.

"그렇습니다."

교수는 손을 내밀었다. 그는 됐구나, 싶었다. 두 손으로 공손히 소설을 드렸다.

교수는 서랍에 툭 던져 넣었다. 첫 문장도 읽지 않고 제목도 보지 않았다. 시간이 없으니 빨리 끝내자는 식으로 대화를 서둘렀다.

"한 줄로 말해봐라."

"네?"

"한 줄로 말해보라고."

"무슨 말씀이신지요?"

"너에게 너무 어려운 요구를 했니? 이 소설은 어떠어떠한 이야기를 다루는 소설이다. 그 어떠어떠한 것이 뭐다. 그렇게 말해보라는 거야."

교수의 말투는 위압적이었다. 황당하고 열받는 말이었다. 몇 개월을 들여서 소설을 겨우 완성했는데 그것을 한 줄로 말하라니! 한 글자도 안 읽고서 무례하게! 그는 화가 치밀었다. 문학을 가르치는 교수가 어떻게 이런 태도로 나올 수 있단 말인가. 친구였다면 개새끼야, 하고 욕이라도 할 판이었다. '어떻게 소설을 한 줄로 말할 수 있단 말입니까!' 마음속으로 항변했다.

교수는 대답을 기다렸다. 그는 땀이 났다. 서랍 속에 던져진 소설을 바라보았다. 주인공에게는 삶이 너무 어려웠기에 그 많은 어려움을 한 줄로 줄여 말한다는 것은 불가능했다. 막막한 마음을 지닌 채 이렇게 대답했다.

"인생에 대한 이야기입니다."

교수가 말했다.

"인생이라⋯⋯. 그렇다면 네 소설은 아무것도 말한 것이 아닌가 보구나. 우리 이야기 중에 인생 아닌 것이 어디 있냐. 내 말이 맞지?"

교수는 얘기를 끝내고 싶어했다.

그는 버텨보기로 했다.

"한 줄로 정리하기 힘듭니다. 복잡합니다. 복잡한 이야기입니다."

교수가 물었다.

"복잡성에 관한 이야기?"

그가 대답했다.

"그건 전혀 아닙니다. 복잡해서 한 줄로 정리하기 힘든 이야기라는 뜻입니다."

교수가 말했다.

"그렇다면 실패한 소설일 테니까 읽을 필요가 없을 것 같다. 복잡성에 관한 이야기라면 흥미롭겠지만, 복잡한 이야기는 아무것도 아니야. 소설을 쓴 네가, 너 스스로, 정리를 못 하고 있잖니."

교수는 회의에 들어갈 채비를 하면서 의자에서 일어났다. 그리고 덧붙였다.

"〈변신〉, 인간이 벌레가 된 이야기.《죄와 벌》, 한 청년이 노파를 살해한 이야기.《안나 카레니나》, 한 여자가 자살한 이야기. 이렇게 한 줄로 말할 수 있잖니. 그런 게 소설이야. 자질구레한 디테일을 쳐내고 줄기만 남겼을 때 독자의 호기심을 끌 수 있어야 훌륭한 소설이다. 흥미롭다는 것은 디테일이 궁금하다는 것이다. 디테일에 관심이 안 가는 거는 별로야. 줄기가 관심을 끄는데 디테일이 궁금하지 않은 소설이 있을 수 있을 거야. 반대로 줄기는 없으면서 흥미로운 디테일만으로 가득 찬 소설이 있을 거고. 그런 것은 둘 다 수준 이하의 소설이야. 줄기가 흥미를 끌고 디테일에 대한 궁금증을 유발하는 소설이 진짜 소설이지. 나는 회의에 들어가야 하니까 다음에 또 다른 소설 써서 와라. 먼저 나가주겠니? 정리하고 나가려 한다."

"도시의 공원에서 방황하는 아이의 이야기입니다."

"알았다. 뾰족했으면 좋겠구나. 다음에 더 얘기하자."

교수는 수업의 끝을 알리는 종을 치듯 말을 마쳤다. 그는 교수의 말에 밀려서 뒷걸음질을 쳤다. 엉덩이를 문밖으로 빼면서 연구실에서 나왔다.

그 뒤 강의동 복도에서 우연히 만났을 때 교수가 말했다.

"장황한 성장소설이더구나. 공원에서 방황하는 이야기는 작은 부분이고. 나한테 거짓말을 한 거야. 도시의 공원에서 방황하는 아이의 이야기라고."

"거짓말을 한 것은 아닙니다."

"됐고. 너는 좀 짧게 써라."

그는 교수의 눈을 가만히 바라보았다. 교수가 말했다.

"파스칼이 어떤 책에서 말했다. '시간이 없어서 이렇게 길게 쓸 수밖에 없었다. 독자 여러분의 양해를 구한다.' 너는 단편소설을 쓰고 싶었던 거잖아. 짧아져야 감동적인 거야. 너저분하게 늘어놓아서는 안 돼. 단편소설은 시를 쓰듯이. 알았냐?"

"요약을 해서 분량을 줄이라는 뜻입니까?"

"요약이 아니라 선택을 하라는 거야."

"무엇을요?"

"남겨야 하는 게 무엇인지 선택을 하라는 거지. 전체의 포도 송이 중에서 하나의 포도 알. 나머지는 버려야 해. 못 버리면 못 줄이는 거야. 성장에서 뭐가 제일 중요한 것인지 네가 결정해야 한다. 잘못 결정하면 독자한테 얻어터지겠지. 그게 작가의 전부야."

그는 교수의 말을 들은 후 도서관으로 갔다. 책을 읽으니 시간이 저절로 흘러갔다.

그는 우여곡절 끝에 등단을 했고, 교수를 찾아갔다. 그가 말했다.

"소설을 써서 등단했습니다."

"그러니?"

"네."

"그래 한 줄로 말하면 어떤 소설이냐?"

"말씀드리기 좀 민망한 내용입니다."

"그랬으니까 당선됐겠지."

"네?"

"빤하면 심사위원이 안 뽑지. 그래, 무슨 내용이었기에?"

그는 교수의 어법대로 말해보았다.

"딸이 아버지를 성적으로 무너뜨리는 이야기입니다."

"성적으로?"

그는 소설을 이야기했다. 고등학생 경희는 치마를 짧게 입었다. 경희의 아버지는 불시에 가방을 검사했다. 경희는 수치스러웠다. 더러운 손이 옷을 들추는 것을 느끼고도 그대로 참아내야 하는 것만 같았다. 아버지 없는 집에서 살고 싶었다. 가출 욕구가 생길 때마다 옷 수선 집으로 달려갔다. 교복 치마를 줄였다. 아버지는 더 자주 가방을 검사했다. 경희는 아버지를 저주했다. 어느 결에 교복은 미니스커트로 변했다. 학생부장이 부모님을 호출했다. 아버지는 야근하고 들어와 넥타이를 풀고 경희의 방으로 들어갔다. 경희는 침대에서 자고 있었다. 아버지는 뺨을 때렸다. 경희가 눈을 번쩍 떴다. 아버지는 경희의 눈을 향해 주먹을 날렸다. 경희는 몸에서 전기가 타는 것을 느꼈다. 번개를 흡수하는 아파트 옥상의 피뢰침이 떠올랐다. 뾰족한 것으로 아버지의 배를 찌르고 싶었다. 이튿날부터 경희는 '아저씨에게'로 시작하는 메일을 보냈다. 하루에 한 번씩 아버지를 상대로 모험을 걸었다. 아버지는 금융회사에 다녔다. 경희는 주로 학교 밖 피시방에서 편지를 썼다. 돈이 절실한 가출 소녀가 채팅으로 사람을 낚듯이 몸으로 미끼를 던졌다. 한 달이 안 되어서 만남이 성사되었다. 경희는 주고받았던 메일, 채팅했던 내용을 캡처해 USB에 담았다. 현장 사진을 찍기 위해 카메라를 준비했다. 경희는 모자를 눌러 쓰고 나가서 아버지를 만났다.

교수가 말했다.

"현실에서는 아버지가 딸을 성폭행하는 끔찍한 사건이 벌어지는데 네 소설에서는 딸이 제대로 사람 구실을 하는구나. 현실에서 그런 일이 벌어지지는 않겠지."

"개연성은 있을 수 있음이지 실제로 일어났음이 아니라고 말씀하셨잖아요."

"언제?"

"수업시간에요."

"내 말을 기억해주니 고맙다."

교수는 책상 아래로 손을 넣어 상자를 열었다. 상자에서 쇠로 만들어진 공을 꺼냈다. 교수가 말했다.

"사과탄이라고, 옛날에 이런 걸 썼는데 너희 세대는 잘 모르지."

그가 물었다.

"수류탄 같은 것입니까?"

"최루탄의 일종이야. 사과탄을 모르는 것 보니까 정말로 다른 세대로구나 너는."

"시위할 때 쓰는 최루탄 말입니까?"

교수가 그를 바라보았다. 그리고 낮은 목소리로 말했다.

"시위할 때 쓰는 최루탄이라니. 시위할 때 쓰는 게 아니라 시위 진압할 때 쓰는 거지. 시위하는 사람이 최루탄을 던지면서 구호를 외치니? 주체를 분명히 해야 한다. 전두환이 오일팔을 지휘했다고 말할 수 있겠니? 오일팔 학살을 지휘했지. 말을 분명히 해야 한다. 말은 생각에서 나오는 거니까, 말로 하는 실수는 생각의 허점을 드러내는 거야. 작가가 됐으니 더 확실해져야겠지. 힘든 삶이 될 거다, 이제."

교수는 사과탄을 내밀었다. 그는 엉겁결에 손을 내밀어 받았다. 보기에는 그렇지 않았는데 해머처럼 무거웠다. 교수가 말했다.

"그 사과탄은 네 선배들이 시위에 나갔다가 전리품으로 가져온 거야. 옛날에는 많았지. 시대가 달라졌으니까 문학도 달라지는 건 당연하다. 국민소득의 수준에 따라서 달라지는 건데…… 시위 도중에 최루탄 맞고 죽거나 우는 소설을 요즘 작가들은 안 쓰잖아. 확실히 다른 세대인 거야. 최루 가스에 발암물질이 들어 있다 해서 사용이 금지됐지. 공장이 문을 닫았을 것 같은데 알아보니 요즘은 후진국 수출용으로 만든다더라. 어쨌든 잊으면 안 된다. 한 마디로 줄여 말할 수 있어야 진정한 소설이다. 한 마디로 줄여 말했는데 그게 재미있어야 영원

한 소설이다. 그건 등단 선물이야."

"감사합니다."

"다시 말하지만, 힘든 일이 될 거다. 응원할게."

"네."

그는 교수에게 인사를 하고 연구실에서 나왔다. 뭔가 후련한 느낌이 들었다.

일광욕하는 애인

흰색 부부 욕조에 누워 눈 내리는 유리 천장을 바라볼 어떤 겨울의 온천을 생각한다. 오일을 몸에 바르고 선 베드에 누워 바라볼 눈부신 남쪽의 여름 하늘을 생각한다.

"버리는 것 아님, 가져가지 마시오." 골목이나 빌딩 복도를 걷다가 사람들이 물건에 매달아놓은 매직 글씨를 보면 창고가 없어서 애면글면하는 사유공간의 협소함이 떠오른다. 볕이 들지 않는 방에서 글을 쓰는 나의 모습이다.

네가 선물로 준 화분에 볕을 쪼이기 위해 건물에서 나갔다. 화분을 인도에 놓고 돌아서다가 도난당할지 모른다는 우려가

들어 다급히 이런 말을 써서 묶었다. "일광욕 중입니다." 순간 마음이 든든해지고 모든 타인이 우리의 사랑에 공감해줄 것 같은 기대가 들어 삶이 고마웠다. 식물의 입장에서 발언한 내가 스스로 대견하여 기분이 들떴다. 너에게 이렇게 전한다. 일광욕이든 온천욕이든 나는 너를 사랑한다.

치앙마이 람 하스피틀

"배 아파. 배 아파 죽겠어!"

침실에서 아들이 소리를 질렀다. 아내는 웃옷을 걸쳤다. 남자는 관리사무실에 가서 공공병원 주소를 받아왔다.

병원은 허름했고 간호사는 친절했다. 초진 서류를 작성하는 것은 한국과 같았다. 주민등록번호 대신 여권번호를 적으면 되는 것이었다. 열 살짜리 아들은 기운을 잃고 핏기 없는 얼굴로 앉아 있었다. 노인들이 대기실에 가득했다. 생후 3개월 미만으로 보이는 영아도 있었다. 남자는 아들을 바라보았다. 아들을 눕히고 싶었다. 대기실의 의자란 것이 등받이가 없는 동그란 의자여서 환자를 쉬게 할 수가 없었다. 어린 영아를 안은 할머니도 편히 앉을 수 없는 의자였다.

두 시간을 기다렸다.

의사를 만났다. 의사가 말했다.

"몇 시부터 아팠습니까?"

남자가 말했다.

"어제 점심 무렵부터였습니다. 밥을 먹다가 배가 아프다고 했습니다."

의사가 말했다.

"검사실로 가십시오."

남자는 아들과 함께 일어났다.

검사실에서 소변을 제출했다. 간호사가 주사기로 피를 뽑았다. 처음의 대기실로 돌아갔더니 환자들이 배로 늘어 있었다. 모두 노인들과 아이들이었다.

간호사가 아들의 이름을 불렀다. 검사 결과가 나왔다고 했다.

의사가 검사 결과를 이야기했다.

"맹장염입니다. 수술을 해야 합니다."

"지금 당장 말입니까?"

남자는 머뭇거렸다. 타국에서 아들의 몸에 칼을 들이밀어야 한다니 걱정이 이만저만 아니었다. 소변검사 결과와 피검사 결과가 그렇게 신속하게 나온다는 것도 믿기 힘들었다. 의사에게 말했다.

"오후에 다시 와도 되겠습니까?"

의사가 말했다.

"빨리 와야 합니다."

남자는 진찰실을 나왔다.

수납창구에서 일을 보는 간호사가 말했다.

"보험을 혹시 가지고 계십니까?"

남자가 말했다.

"여행자보험이 있습니다."

간호사가 말했다.

"그렇다면 치앙마이 람 하스피틀로 가세요."

"왜요?"

"그곳에 의사가 많습니다."

그가 말했다.

"감사합니다."

남자는 친구에게 전화를 걸었다. 친구와 대화를 나눴다.

"국제전화니까 용건만 빨리 말할게."

"응. 그래."

"여기 공공병원에 가니까 맹장염이라고 수술을 하자고 하네."

"누가 아픈데?"

"아들."

"그런데?"

"이상해."

"뭐가?"

"열악하고, 뭔가 미심쩍어. 서두르는 것도 불안하고. 배에 칼을 대는 일인데."

"언제부터 아팠는데?"

"어제 점심."

"맹장염은 첫 통증 이후 24시간 내에 처치를 해야 해. 그래야 2차 질환을 막을 수 있어. 맹장이 터져버리면 장기를 세척해야 하니까 일이 더 커지는 거야. 그래서 서두른 것일 수 있어."

"그래?"

"그런데 증상이 어떠니?"

"애가 힘이 없어."

"배를 만져봐. 맹장염이면 배를 만질 수도 없을 정도로 아파. 우하복부가 딱딱하게 굳었을 거야. 지금 만져봐. 그러니?"

남자는 아들의 배를 만졌다. 말랑말랑했다. 남자는 친구에게 아이의 상태를 설명했다. 친구가 말했다.

"CT를 촬영하면 95퍼센트 이상 확신할 수 있는데, 그 병원에 시설 있어?"

"몰라. 없는 것 같던데."

"진료 환경이 안 좋은가 보다."

"맹장염이야 아니야?"

"그건 모르지. 나도 CT를 본 게 아니니까."

"그래. 고맙다."

"여행 조심해라."

둘은 전화를 끊었다.

남자는 친구가 맹장염이 아니라는 말은 해주지 않아서 고민스러웠다.

작년의 일기를 꺼냈다. '올드 시티에서 밥을 먹었다. 아이가 머리가 아프고 배가 아프다 해서 집으로 돌아왔다'라고 쓴 문장이 있었다. 이어서 이런 문장이 있었다. '치앙마이가 아내로 하여금 맨손으로 새우껍질을 벗기게 하다.' 남자는 아내에게 일기를 넘겼다. 아내가 문장 사이에 생략되어 있는 일화를 기억했다. 아내가 말했다.

"맞다. 물 바뀌어서 배 아프다고 해서 새우 죽을 끓였어. 작년 증상하고 비슷한 것 같아."

남자가 말했다.

"치앙마이 람 하스피틀에는 안 가봐도 될까?"

"그래도 가봐야지. 내일이 토요일이라 휴진하면 낭패잖아."

치앙마이 람 하스피틀로 갔다. 사설 영리 병원이었다. 주차 시설부터 화려했다. 어린이 병동이 따로 있었다. 어린이 병동은 토이 스토어처럼 쾌적했다. 미끄럼틀이 달린 놀이시설이 눈을 끌었다. 소파 등받이에 애니메이션 캐릭터가 인쇄돼 있었다. 간호사와 의사가 아닌, 진료 과정을 안내하는 직원이 곳곳에서 마중을 나왔다.

의사는 체온을 체크하고 피검사와 소변검사를 제안했다. 소변을 제출하고 피를 뽑았다. 검사 결과를 기다리는 동안 아이는 침대에 누워서 컴퓨터 게임을 했다.

의사가 보호자를 불렀다. 진찰 결과를 얘기했다.

"감기입니다."

"그렇습니까?"

"항생제와 해열진통제를 받아 가셔서 먹이면 되겠습니다."

아내가 의사에게 물었다.

"마신 물이 달라서 배앓이를 하는 것 같습니다. 그렇지 않을까요?"

"제가 진단할 수 없는 부분입니다. 배앓이는 내과를 찾아가
셔서 다른 의사에게 진료를 받으셔야 합니다."

의사의 말은 그걸로 끝이었다.

부부는 물러났다. 수납창구에서 신용카드를 내밀었다. 진료
비가 2600바트(9만 1천 원)였다. 공공병원에서 냈던 120바트
보다 무려 20배 이상 비쌌다. 남자는 보험회사에 제출할 진단
서가 필요했다. 스마트폰으로 진단서가 영어로 뭔지 검색했
다. 그러나 그 일은 불필요했다. 수납창구 직원이 자동으로 영
수증과 함께 진단서를 발급해주었다.

남편이 말했다.

"배 아픈 거 진료 받을까?"

아내가 말했다.

"쟤 괜찮은 것 같은데?"

남편은 아들을 바라보았다. 아들은 대기실에 놓여 있는 초
콜릿 음료를 마시고 있었다.

잠시 후 약이 나왔다. 약봉지에 토끼 그림이 그려져 있었다.
피터 래빗처럼 유명한 캐릭터인 것 같았다. 남자는 우하복부
가 딱딱하게 굳는 느낌이었다. 맹장이 터질 것처럼 화가 났다.

김기태는 백조입니다

사과드립니다. 김기태는 백조입니다.

그 선수는 공을 보다가 하늘을 봅니다. 저녁 6시가 되면 4월 초의 하늘은 윈도 바탕화면의 배경 컬러 중 블루 빛깔에 해당하는 하늘이 펼쳐집니다. 아주 잠깐입니다. 어둠이 오고 있다는 증거입니다. 어두워지면서 푸름이 깊어지는 하늘에서 그는 바다를 찾는 것 같습니다. 푸름이 사라지면 그는 자기 컨디션을 잃습니다.

주특기가 스매시이므로 김기태는 백조입니다. 한 경기에서 스매시 기회는 몇 번 안 찾아옵니다. 하늘이 조금이라도 아름

다워질 조짐이 보이면 그는 하늘에 시선을 빼앗깁니다.

한 번도 챔피언이 되어본 적 없으므로 백조입니다.

김기태는 기복이 아주 심합니다. 그는 스윙이 한 가지입니다.

클럽 회원 여러분!
청조, 홍조에도 스윙과 플레이가 단조로운 선수는 많지만 김기태처럼 우아함을 유지하기 위해 한 가지 스윙을 고집하는 사람은 없습니다.

그는 자발적으로 조를 선택하지 않았습니다. 제가 백조에 그를 올렸습니다. 그에게 챔피언의 기회를 선물하기 위해서가 아닙니다. 그는 대회에서 아마 하늘을 올려다볼 것입니다. 대부분의 청조 홍조 선수들은 그의 약점을 이용할 줄 압니다. 대회가 열리는 날 하늘이 쾌청할 거라는 일기예보가 있었습니다.

사과드릴 필요까지는 없을 듯합니다. 세월이 난파선처럼 먼

바다로 흘러간 후에는 승급할 수 있겠지요. 김기태는 백조입
니다.

대회준비위원회 올림

코와 고양이

여자가 친정 언니에게 말한다.

"남편이 이상해졌어."

언니가 말한다.

"왜?"

여자가 말한다.

"여기를 혀로 그래."

여자는 말을 하면서 손끝으로 콧방울을 톡톡 친다.

언니가 말한다.

"코를 왜?"

여자가 말한다.

"꼴에 다른 여자를 만나는 것 아닌가 싶어서⋯⋯. 소름끼쳐.

다른 여자한테서 배운 걸 나한테!"

언니가 말한다.

"언제부터?"

여자가 말한다.

"작업실 새로 얻더니 그 뒤부터 그런 것 같아."

언니가 말한다.

"그럼 헤어져야지. 나가라고 해."

여자가 말한다.

"현장을 잡아야지."

여자는 남편을 미행한다. 길이 한적해진다.

여자는 돌멩이를 집어 든다. 남편의 머리를 박살내고 말 것
이다. 오두막 작업실 창문을 들여다본다. 어떤 여자인가. 남편
이 소파에 앉아서 웃는다. 비열한 웃음이다. 여자는 돌멩이를
더 큰 것으로 바꾸어 손에 쥔다. 남편의 눈길이 향하고 있는
방향을 응시한다. 창틀에 고양이가 앉아 있다. 남편이 "야아
옹" 한다. 고양이가 남편에게 다가간다. 고양이가 남편의 코를
핥는다. 남편의 손가락을 빤다. 쩝쩝거리는 소리가 들린다. 여
자는 돌멩이를 풀숲에 버린다.

피 묻은 책

　돈을 안전하게 숨기려면 성경을 열고 그 갈피에 꽂아두라는 말이 있다. 물건을 훔치러 들어온 도둑은 신의 말씀이 적힌 책을 절대로 펼치지 않을 것이고, 우연히 남의 성경을 펼친 사람은 신을 정중하게 모시기 때문에 도심盜心이 양심을 침해하려는 순간을 성경을 덮음으로써 모면할 것이라는 이유 때문이다.

　우리 집에는 피 묻은 책이 한 권 있다. 아버지가 버스에서 가져온 것이었다. 피는 표지에서 흐르기 시작하여 옆면에서 멈춘 형상이었다. 세계지도가 펼쳐져 있다는 느낌을 주었는데 내가 대학교를 졸업하던 무렵이라 외국에 나가고 싶다는 생각을 키우고 있을 때여서 그것이 세계지도로 보였을지도 모른다.

 제목은 '정치경제학개론'이었다. 웬 책이냐고 물었더니 아버지가 대답했다. 한 여학생 승객이 졸다가 코피를 흘렸는데 책을 쟁반 삼아 코피를 받더니 아버지가 정류장에 버스를 세우자 급하게 내렸다고 한다. 승객은 책을 흘렸고 아버지는 그 책을 집으로 가져왔다. 피가 다 말랐을 때 아버지는 겉표지와 속표지 사이에 들어 있는 무색 간지를 보여주었다. 학과와 학번, 구입한 날짜, 수강 과목 등이 적혀 있었다. 중간고사 범위와 날짜도 적혀 있었다. 그러나 정작 찾아가서 전해주려면 필요할 것 같은 학교 이름은 적혀 있지 않았다.

 아버지에게는 같은 제목의 책이 있었다. 교양과목을 수강하면서 샀던 교재라 했다. 아버지는 정치경제학 전공과 무관한 학과를 중퇴했고 전공과 무관하게 버스를 운전했다. 술을 한 모금도 못 마시는 체질이라 운전은 아버지 직업으로 잘 어울렸다. 아버지의 정치경제학개론과 승객의 정치경제학개론은 제목만 같고 저자와 내용이 모두 달랐다. 어머니도 그 책을 알았다. 두 분이 그 강의에서 만나 연애를 시작했다. 피 묻은 《정치경제학개론》이 부모님의《정치경제학개론》 옆에 나란히 꽂혔다.

 아버지는 책갈피에 비상금을 꽂아두곤 했다. 당신 책에만 끼우는 게 아니라 대중없이 숨기기 편한 책을 고르는 것 같았다. 내 수학 문제집도 그중 하나였다. 서점에서 사다놓고 난이도가 너무 높아서 풀지 않던 문제집이었다. 성적이 고민되어 이 책 저 책 뒤지다가 그것을 발견하고 책장을 펼쳤는데 왠지 풀어볼 만한 것 같았다. 보름 정도 풀다가 만 원짜리 한 장을 만났다. 갈피에 깊숙이 끼어 있었다. 끼어 있었다기보다는 박혀 있었다고 말하는 것이 더 옳을 것 같다. 아버지에게 드릴까 하다가 잽싸게 호주머니에 넣었다. 밥 말리의 음반, 이글스의 음반에서 지폐를 만난 적도 있었다. 시원하게 노래나 좀 들었으면 좋겠다고 생각하고 시디를 열었는데 그 속에 지폐가 있었다. 도둑질인가 신이 베푸신 선심인가. 까짓것, 일단 호주머니에 넣고 보았다.

아버지는 잊어버리는 것 같았다. "어? 돈 못 봤어?" 이렇게 물어본 적이 없었다. 나는 대입 준비와 관계없는 책에서 슬쩍한 적도 있었다. 돈을 슬쩍하기 위해 책을 펼치지는 말자는 다짐이 있었지만 잘 실현되지 않았다. 최소한 앞부분 몇 페이지는 읽은 다음에 책장을 스르르 넘겨서 지폐가 있는지 없는지 확인하는 것이 나의 양심이었다. 고3에게도 용도를 밝히기 곤란한 돈은 언제나 필요했다. 대신 공부를 열심히 했다. 보답할 수 있는 길은 그것밖에 없었다.

《정치경제학개론》은 부모님의 연애가 시작되어 나를 있게 해준 신성한 책. 내가 세상에 존재할 수 있게 된 근원. 역발상은 신선한 것이고 그것을 활용할 줄 아는 사람에게는 유혹적인 것이다. 나는 떨리는 마음으로 그 책을 열었다. 짐작대로였다. 꽤 많은 비상금이 들어 있었다. 하지만 그 돈에는 손을 댈 수 없었다. 자식 된 도리가 아니었다. 그곳에 그런 것이 있다는 사실을 알아두는 것만으로도 든든했다. 피 묻은 《정치경제학개론》에는? 남의 피가 묻은 책이라 펼치기 꺼림칙했다. 그런데 내기 당구에서 잃은 돈이 컸다. 취직시험에 떨어진 스트레스를 풀기 위해 당구장에 갔는데 빚이 생겨버렸던 것이다.

아버지는 정년 나이가 되어서 버스 운전을 그만두었다. 나는 취직이 되었다. 기적 같은 일이었다. 취직이 되다니. 첫 월급이 통장에 들어왔을 때 피 묻은 책이 떠올랐다. 나는 은행에서 수표를 인출했다. 아버지가 외출한 사이, 피 묻은 책을 열고 갈피에 그것을 끼웠다.

요즘 아버지는 도서관에서 책을 빌려와 읽는 것으로 많은 시간을 보낸다. 내가 피 묻은 책에 끼워둔 수표를 당신 돈인 것처럼 아무 말도 없이 꺼내어 책갈피로 사용하고 있다.

개와 상사

직장 상사가 같은 아파트로 이사를 온 뒤부터 남자는 밤에 이불을 적시기 시작했다. 변기에 들어 있는 상사의 얼굴을 향해 소변을 보았고, 나무에 가려진 옹벽에 들어 있는 상사의 얼굴을 향해 소변을 보았다. 꿈속의 일이었다. 상사는 꿈에 나타났다가 사라졌는데 오줌은 몸에서 빠져나가 속옷과 잠옷과 이불을 적셨다. 상사가 아파트 현관문을 열고 들어오기에 현관을 향해 생식기를 쳐들었는데 그것 역시 꿈속에서 벌어진 일이었다.

상사가 꿈에 나타나는 시각은 새벽 3시 몇 분이었고 상사가 나타날 때마다 남자는 욕조에 물을 받았다. 새벽이라 층간소음 때문에 세탁기를 돌릴 수 없는 시간이었다. 남자는 최대한 조용하게 속옷과 잠옷과 이불을 빨았다. 그리고 물이 질질 흐르는 이불을 끌고 거실을 가로질러 걸어가 베란다로 나가 난간에 이불을 걸었다. 이불 빨래를 난간에 널어놓고 돌아보면 거실에 떨어져 있는 물방울이 꼭 걸으면서 바짓가랑이 사이로 흘린 오줌 같았다. 남자는 오줌을 닦는 기분으로 물방울을 닦았다.

어느 날 출근길 엘리베이터 안에서 상사를 만났다. 상사가 말했다.

"회사에서는 안 그렇게 봤는데, 결벽증 같은 게 있나요?"

"무슨 말씀이시죠?"

"이불 빨래를 자주 하잖아요."

"아닙니다. 개를 기르는데 녀석이 자주 실수를 합니다."

"훈련소에 보내보세요. 함께 살려면 가르쳐야죠. 돈이 좀 들지만 훈련사가 아주 기가 막히게 고쳐놓는다는데."

남자는 뭐라고 말을 할까 망설이다가 회사에서 하는 대로 대답했다.

"노력해보겠습니다."

남자는 상사와 함께 회사로 출근했다. 남자는 회사에서 컴퓨터를 열고 부동산 사이트에 접속했다. 집을 수소문하다가 그만두었다. 위약금을 물어야 하는 것은 기본이고 집을 옮기려면 감당해야 할 손해가 이만저만이 아니었다. 남자는 집에서 키우는 개를 풀어서 상사의 생식기를 물어뜯는 훈련을 시켜서 상사를 내쫓는 것이 더 빠른 길이지 않을까 하고, 생각했다. 회사에서 시간을 보내는 동안 하루 종일 곤욕이었다. 상사가 아침에 함께 퇴근하자고 말을 했기 때문이었다. 남자는 집을 빼앗긴 기분이었다.

어느 날 승강기 거울 옆에 공고문이 붙었다. 이렇게 적혀 있었다. "아파트 값이 떨어지고 미관상 보기에 좋지 않으니 베란다에 이불을 너는 일을 삼가주시기 바랍니다." 남자는 승강기 안에 아무도 없다는 것을 확인하고 CCTV 카메라에서 등을 돌린 후 오른손 중지를 추켜세워 '퍽큐'를 날렸다. 상사가 오기 전에는 그런 일이 없었다. 그것은 상사에 의해 작성된 문장이었다.

지금 바깥이 어둡습니까?

    침술사는 시각장애인이었다. 거실 벽에 십자가와 맹학교 교
장 시절의 기념사진이 걸려 있었다. 나는 시각장애인의 마음
을 편안하게 해주는 대화법을 알고 있었기에 평상시보다 목소
리의 톤과 볼륨을 높여서 인사했다.

    침술사가 말했다.

    "누구의 소개로 오시게 되었습니까?"

    내가 말했다.

    "여기에서 치료받고 있는 김○ 선생님이 아내의 친구입니
다. 김○ 선생님 아시죠?"

    침술사가 말했다.

    "아휴, 알다마다요."

침술사는 아내의 친구와 오래전부터 알고 지내는 사이라고 말했다. 침술사는 내게 나의 이름을 물었다. 나는 이름을 말했다. 침술사는 내 이름을 기억하기 위해 세 번 정도 반복해서 되뇌었다. 그런 다음 내게 혈압 약을 먹고 있는지 물었다. 나는 먹지 않는다고 대답했다. 침술사는 혈압 약은 앞으로 절대 먹지 말 것이며, 혈압이 높아진다 싶으면 자신에게 찾아오라고 했다.

침술사는 내 등을 만져 타진하면서 부항을 뜨겠다고 말했다. 부항을요? 되묻고 싶었는데 그녀의 태도와 목소리에는 무겁고 두터운 위엄이 있었다. 침술사는 도구를 준비하면서 부항의 효능에 대해 설명했다. 식물인간이 되어 있는, ○○그룹의 □□회장님도 부항을 떴어야 건강했을 텐데 뜨지 않아서 의식불명이 되었다고 말했다. 나는 이게 웬 날벼락인가 싶어서 옷을 주워 입고 그녀의 집에서 나오고 싶었다. 그런데 그녀가 내 등을 찌르기 시작했다.

등에 부항을 뜨는 데에 한 시간이 걸렸다.

집에 도착하자마자 욕실로 들어갔다. 옷을 벗고 거울에 등을 비춰보니 붉은 빵이 사십여 개나 찍혀 있었다. 침술사가 말했다. 어혈을 뽑았으니 혈액순환도 전보다 잘될 것이고, 근육 뭉친 것도 풀릴 것이라고 했다. 하룻밤 자고 일어나자 어깨의 통증이 사라지고 몸이 전체적으로 가볍다고 느껴졌다. 하지만 또 시술받고 싶지는 않았다. 그녀가 부항을 뜰 때에 아마도 천 회 이상 바늘로 내 등의 피부를 찔렀을 것이다. 어깨의 통증이 나을 거라는 기대가 있었기에 한 시간을 참았지 그게 아니었다면 나는 그녀에게 그만하자고 말했을 것이다. 바늘에 찔리는 기분은 과히 좋지 않았다. 그런데 왠지 이 말은 굉장히 다정하게 기억이 났다. "지금 바깥이 어둡습니까?" 열여섯 살에 실명을 했다는 그녀. 해가 진 뒤였는데 바깥은 그리 어둡지 않았다.

내 경험을 들으셨으므로 당신은 이제 그녀의 집을 아는 상태가 되었다고 할 수 있다. 당신이 그곳에 다녀왔는데 몇 개월 후 당신의 아내가 피로를 호소하며 당신에게 그곳에서 받은 시술의 효과가 어떠했는지 묻는다고 치자. 당신은 어떻게 대답할 것인가. 몇 개월이 지났기 때문에 당신은 천 회 이상의 바느질을 잊었을지도 모르겠다. 나 역시도 바늘에 찔릴 때의 따끔거리는 통증은 잊었다. 개운했던 기억이 있어서, 지금 바깥이 어둡냐고 묻던 그녀의 다정한 말이 기억에 남아 있어서, 나는 아내에게 괜찮았다고 대답했다.
　바깥으로 눈을 돌렸다. 비가 내리고 있었다. 아내는 시술을 받으러 가겠노라고 결정했다. 나는 침술사의 안부가 궁금했다. 종일 비가 내리는 날 그녀는 무엇을 하며 지내고 있을까. 나는 빗길이 미끄러울 테니 운전을 해주겠다는 말을 핑계로 붙여서 아내로부터 동행을 허락받았다. 차 안에서 내가 아내에게 말했다.

"그런데 내가 옆에서 기다리면 실례가 되지 않을까?"

"왜?"

"시각장애인이라서. 더구나 내가 남자이고. 혹시 위협으로 느끼지 않을까?"

"글쎄. 전화로 물어보자."

아내는 침술사에게 전화를 걸었다. 남편이 함께 가도 되냐고 물었다. 침술사가 듣기에 그 말은 남편도 시술을 원하는데 시간을 예약할 수 있겠느냐는 뜻으로 들렸던가 보다. 침술사는 한 시간씩 따로 순서를 예약해야 한다고 대답했다. 아내가 내게 시술을 받겠느냐고 물었다. 나는 고개를 크게 저으면서 웃었다. 아내는 침술사에게 나의 상황을 설명했다. 아내의 설명을 들은 후 침술사는 기다리는 동안 심심함을 견디는 게 문제이지 옆에 와 있는 것은 전혀 문제가 되지 않는다고 말했다.

침술사는 내게 옷을 벗으라고 했다. 나는 시술을 원하지 않는다고 말했다. 침술사는 알고 있다고 말했다. 그리고 서비스로 뱃살 빼는 침을 놓아주겠다고 덧붙였다. 아내가 시술받는 동안 기다리기 심심할 테니 침을 꽂고 누워서 책을 보든 스마트폰으로 인터넷을 하든 하라는 것이었다. 나는 용무도 없이 그녀의 집에 침입한 것이 미안했고, 서비스라는 말을 듣기는 했지만 침을 맞는다는 것은 비용을 지불해야 하는 일인 것 같아서 거절하고 싶었다. 그런데 뱃살을 빼준다는 말은 반가웠다. 나는 못 이기는 척 옷을 벗고 시술대에 올라가 배를 천장으로 향한 채 몸을 눕혔다. 침술사가 내게 말했다.

"침 맞으면 움직이기 힘드니까 책이랑 전화기랑 미리 머리맡에 두고 누우세요."

당신이 나와 같은 상황이었다고 치자. 침술사께서 당신의 복부를 마사지하면서 뱃살은 빼지 않아도 되겠으니 내장 기능을 향상시키는 침을 놓아주겠다고 말한다고 치자. 당신도 나처럼 이미 배를 맡긴 후이니 그녀가 권하는 침을 맞을 수밖에 없지 않겠는가? 그렇다면 그녀가 당신에게 침을 몇 개 정도 꽂을 것 같은가?

나는 그녀가 침통을 흔들 때에 겁을 먹었는데 한두 방이 아닐 것 같다는 짐작이 들었기 때문이었다. 그녀가 내 배에 침을 심기 시작했다. 열두 개쯤? 나는 수를 헤아리다가 잠깐 딴생각에 빠졌다. 침을 꽂은 채로는 옴짝달싹할 수 없을 것이니 이것은 침술사가 고안해낸 인생의 비법이 아닐까. 나를 침대에 묶어놓으려고 서비스로 침을 놓아주는 것이 아닐까. 나는 그런 생각을 하면서 침의 개수를 잊었다.

아내가 시술을 받을 차례였다.

내가 책을 펴고 첫줄을 읽으려고 하던 참이었다. 침술사가 말했다.

"불 꺼도 되지요?"

그녀는 말을 마친 후 스위치를 향해 걸었다. 나는 그녀가 시각장애인임을 다시 깨달았다. 그녀는 불을 꺼도 점자로 책을 읽을 수 있는 능력자인 것이다. 나는 다른 것도 깨달았다. 만약 내가 침이 없는 자유로운 몸이었다면 나는 그녀가 아내의 등에 바늘자국으로 빵을 만드는 한 시간 동안 그녀의 집 이모저모를 눈으로 샅샅이 뒤졌을 것이다. 발자국 소리를 죽여가며 그녀 모르게 여기저기 돌아다녔을지도 모른다. 당신이라면 어떠했겠는가? 당신의 배에 침이 꽂혀 있지 않았다면? 당신도 나처럼 그녀의 일거수일투족을 호기심 가득한 눈으로 바라보지 않았을 텐가?

나는 어두워진 공간에서 책을 내려놓고, 배에 침을 꽂은 채

침대에 누워 천장을 멀뚱멀뚱 바라보았다. 천장에는 침술사가
스위치를 내려서 불을 끈 실내등이 매달려 있었다.

소설의 순간들

절
정

절정에 대하여

절정이 소설의 전부임은 더 말할 필요 없다. 당연히 절정 부분은 소설에서 가장 풍부해야 한다. 9회 말 투 아웃 만루에서 홈런을 친다면 가장 큰 절정일 것이다. 타자에게는 말이다. 그리고 삼진 아웃이라면 또한 가장 큰 절정일 것이다. 투수에게는 말이다. 좋은 절정은 그 자체로 너무 좋고 완벽해서 다른 생각을 할 수 없게 만든다. 생각을 하는 사람이 있다면 그 절정 자체가 아니라, 그와 비슷한 어떤 인생의 클라이맥스 같은 것을 생각하게 될 것이다. 좋은 절정은 다른 클라이맥스를 떠올릴 수 있도록 해야 한다.

더 이상 진전이 있을 수 없는 상태! 끝! 서핑이나 스키다이빙에서 날아가는 것!

그리고 중요한 것이 있다. 절정은 끝이지만 절벽이 되어서는 곤란하다. 서핑으로 따져볼까? 화려하게 파도를 잡은 후 마지막에 파도에 먹히는 꼴이 되어서는 곤란하다는 것이다. 잘못되면 죽을 수도 있는 것이 서핑이다. 파도에서 나오는 방법을 알아야 한다. 스키다이빙이 멋진 것은 비행 다음에 반드시 착지가 있기 때문이다. 선수가 안전하게 착지할 것을 알기에 우리는 스키다이빙을 마음 놓고 보면서 감탄하는 것이다. 만약 그렇지 않다면? 그건 잘못된 절정이다. 결말로 가는 길은 반드시 뚫려 있어야 한다.

매일 새롭게 '퍽큐!'

새로운 나라의 새로운 집으로 이사를 했다. '미국'이라는 신기한 나라였다. 사람들은 모두 거품 안에서 살았다. 거품은 투명했으며 살짝 스치기만 해도 터지는 물건이어서 서로 충돌하는 것을 경계했다.

이사를 한 후 며칠이 지났다. 그는 이웃집 남자와 우편함 앞에서 만났다. 이웃집 남자가 말했다.

"반갑습니다. 당신은 정말로 안전하게 운전을 합니다."

그는 기분이 좋았다. 그래서 이렇게 말했다.

"제가 운전하는 것을 언제 보셨습니까?"

이웃집 남자가 말했다.

"늘 봅니다. 언제나 천천히 운전하잖아요. 당신 아내도 운전을 참 안전하게 합니다. 좀 전에 외출을 하더군요."

그는 주차장을 바라보았다. 주차장은 비어 있었다. 아내는 차를 타고 나갔다. 그는 남자와 우편함 앞에서 만난 것이 우연이라 생각했는데 남자가 바깥을 살피다가 의도적으로 다가온 것 같다는 느낌이 들었다. 그는 묵묵히 고개를 끄덕였다. 남자가 대화를 주도했다.

"저는 연방 정부 이민국에서 경찰로 근무하다가 은퇴했습니다. 일은 힘들었지만, 그래도 직장에 나갈 때가 좋았죠. 당신 가족들은 모두 서류가 있죠?"

"무슨 서류 말입니까?"

"이민 서류요."

"당연하죠. 있습니다."

"안심입니다. 불법이 어디에나 있으니까, 혹시나 하고 물은 겁니다. 이 마을에는 아시아에서 온 사람이 거의 없습니다. 특이하시네요. 무슨 까닭으로 이곳을 선택했습니까?"

"회사에서 정해준 곳입니다."

"그렇군요. 좋은 회사인가 봅니다. 앞으로 잘 지내면 좋겠습니다."

"저도 마찬가지입니다."

"집에 녹화용 카메라를 많이 설치해놓았습니다. 당신 집으로 누가 들어가는지 제 카메라에 잡힙니다. 필요한 일이 생기면 언제든 얘기하세요. 공짜로 제공할 테니까요."

"그러신가요? 정말 잘된 일입니다. 든든합니다. 그런데 카메라는 어디에 있습니까?"

남자는 그의 물음에 대답하기 위해 자기 집 처마를 손끝으로 가리켰다. 큼지막한 비디오카메라가 달려 있었다. 그것을 이용해서 차가 움직이는 것을 보는 것 같았다. 왠지 꺼림칙했는데 뭐라 표현해야 할지 아리송했다. 한편으로는 방범용 녹화 장비를 따로 구입하지 않아도 되니 돈을 아낄 수 있을 것 같아 마음이 편했다. 그래서 "고맙습니다!"라고 말했다.

며칠이 지났다. 혼자 집을 지키고 있을 때였다. 집 앞에서 무슨 물건이 터지는 소리가 들렸다. 현관문을 열고 나갔다. 우편 배달 트럭이 서 있었다. 기사가 상심한 표정으로 바닥을 내려다보았다. 짐작이 가는 것이 있었다. 트럭이 스케이트보드를 밟아서 박살이 난 것 같았다. 터지는 소리는 발판이 깨지는 소리였다. 배상을 어떻게 요구할지 생각하면서 배달원에게 다가갔다.

배달원이 말했다.

"당신의 스케이트보드가 맞습니까?"

그가 대답했다.

"맞습니다."

배달원이 말했다.

"왜 길에 내려놨어요?"

그가 말했다.

"왜 이게 길에 내려와 있는지 나도 모릅니다."

배달원이 말했다.

"여기는 도로잖아요. 왜 물건을 길에 내놔 가지고 일을 만들어요?"

배달원의 태도는 적반하장이었으므로 오히려 신기하게 느껴질 지경이었다. 상식적으로 생각했을 때 미안하다는 말을 먼저 해야 할 것 같은데 고개를 꼿꼿이 들고 피해를 본 주인에게 잘못을 지적했다. 그는 황당하다는 뜻을 전달하지 못했다. 대신 전화기를 꺼내어 스케이트보드가 찢어진 부분과 그것을 그렇게 만든 배달 트럭의 바퀴와 번호판이 사진에 담기도록 현장 사진을 찍었다. 법대로 하자는 뜻의 보디랭귀지였다.

이웃집 남자가 등장했다. 그는 도움이 될 것 같아 반갑게 맞이했다. 그가 말했다.

"오랜만입니다. 내 스케이트보드 좀 보세요."

이웃집 남자가 사건의 전말을 파악했다. 뭐라 위로의 말을 하려는 것 같았다. 그런데 우편 배달원이 선수를 쳤다. 이웃집 남자를 향해 이렇게 말했다.

"도로에 스케이트보드를 내놓는 사람이 어디 있습니까? 차가 다니는 길인데."

배달원은 이빨 사이로 발음을 뭉개어서 점점 더 빠르게 말을 내뱉었다. 그는 배달원이 이웃집 남자에게 늘어놓는 하소연을 한 마디도 알아들을 수 없었다. 너무나 빠른 현지 사투리였다.

이웃집 남자가 말했다.

"이봐, 여기는 도로야. 스케이트보드를 타는 운동장이 아니야. 알아? 네 잘못이야. 왜 스케이트보드를 내놔서 이래?"

상상하지 못한 반응이었다. 그는 황당했다. 가재는 게 편일 게 분명한데 우편 배달원이 게이고 이웃집 남자가 가재였다. 그는 말이 서툰 이방인일 뿐이었다. 가재도 아니고 게도 아니었다.

정적이 오고 갔다. 배달원은 한숨을 푹푹 내쉬었다. 배달 회사 사고 처리반에 전화를 걸어 경위를 이야기한 후 화가 나서 견딜 수 없다는 듯이 혀를 쩝쩝거렸다. 일당이 통째로 날아갈 수 있는 일이었다. 스케이트보드는 큰맘 먹고 전문점에 가서 산 것이다. 값이 비쌌다. 배달원도 그것을 아는지 걱정스럽다는 눈치였다. 이웃집 남자가 배달원에게 말했다.

"증인 필요하면 저를 부르세요. 제 이름과 전화번호 적어도
됩니다."

"정말입니까? 감사합니다."

배달원은 이름과 전화번호를 받아 적었다.

이웃집 남자는 집으로 돌아갔다. 그는 자기도 모르게 '저 영
기적거리며 걷는 자식을 몽둥이로 한 대 갈겨버리면 어떻게
될까?' 하고 생각했다. 답이 나왔다. '총을 맞을 수도 있겠지.'
그는 총을 연상한 이후 신변의 안전을 생각했다. '여기가 어떤
나라인가. 총 맞을 짓은 하지 말자. 배달원은 매일 공식적으로
집에 오는 사람이다. 저 이민국 출신 영감이 배달원과 같은 편
이 된 데에는 이유가 있는 것이다. 배달원은 누구보다 주소를
더 잘 외울 거잖아! 이름과 얼굴과 주소를 가지고 인터넷으로
나를 해킹할 수 있다. 마약을 먹고 밤에 뒷마당으로 들어와 가
족에게 총을 쏠 수도 있어.' 그는 고향 하늘이 보고 싶었다. 돌
아가는 날까지 최대한 안전하게 몸을 지켜야 한다는 생각이
들었다.

배달원이 담배를 피웠다.

그는 배달원에게 잘 보이고 싶었다.

"기사님!"

"네."

어느 영화에서 보고 외운 문장을 패러디해서 말했다.

"마음 불편하게 해드려서 죄송합니다. 생각해보니까 이 일은 누가 잘못한 것이 아니라 서로에게 운이 나빴던 일로 보입니다. 스케이트보드가 어쩌다 도로로 굴러 내려갔는지 모르겠네요. 제가 알아서 수리하겠습니다. 없던 일로 하시죠. 앞으로 우편물 잘 부탁드립니다."

"정말입니까?"

"네. 그렇습니다."

"감사합니다."

"회사에 전화를 거셔도 좋습니다. 조사팀이 오지 않아도 됩니다."

"정말 감사합니다."

배달원은 안색을 바꾸었다.

그날 이후 배달원과 자주 눈인사를 나눴다. 배달하는 시간이 부정기적이어서 의외로 자주 부딪쳤다. 부딪칠 때마다 기분 좋은 인사를 나누었다. 그는 '돈'으로 '안전'을 '구입'했다고 생각했다. 그랬는데 '안전'이 깨진 것은 다름 아닌 이웃집 남자 때문이었다.

본사에 보고서를 보내야 하는데 아이디어가 떠오르지 않아서 답답했다. 마당으로 나가 서성거렸다. 맨발로 잔디를 밟으며 보고서를 구상했다. 무심코 하늘을 올려다보려는 찰나, 성난 목소리가 들려왔다.

"야, 너, 내 마당에 발 들여놓지 마!"

그는 목소리가 들려온 쪽을 바라보았다. 이웃집 남자가 현관 앞에서 허리춤에 손을 얹고 짜증난다는 표정을 짓고 있었다. 그가 말했다.

"뭐라고요?"

이웃집 남자가 말했다.

"내 마당에 발 들여놓지 말라고! 나가라고!"

이웃집 남자는 뼈를 갈아 마시겠다는 것처럼 화가 잔뜩 나서 으르렁거리며 'Yard'를 진하게 발음했다. '어디가 너의 마당이고, 어디가 나의 마당이니? 울타리도 없는데 경계를 내가 어떻게 알아?' 그는 황당함을 감추지 못한 채 발밑을 내려다보았다.

마당에 층이 있었다. 이웃집 마당은 낮았고 그의 집 마당은 높았다. 잔디의 길이 때문에 그렇게 보였다. 그 마을에서 살려면 소유주가 부동산관리협회에 의무적으로 가입하게 돼 있는데 거주자가 잔디를 방치하면 벌금이 나온다고 했다. 회사 관계자가 해준 말이었다. 남자들은 벌금을 내지 않으려고 잔디를 정성껏 깎았다. 이웃집 남자는 예민했다. 거의 매일 잔디를 깎았다. 자로 잰 듯이 반듯하게 잔디로 선을 만들어 자기 마당에 경계를 표시했다. 그는 그 선을 밟고 넘어간 것이었다. 남자는 비디오카메라로 집의 동태를 살피다가 침입을 당하자 득달같이 달려 나왔다. 그를 더러운 벌레 취급했다.

현관문을 닫고 들어가 부르르 치를 떨었다. 뒷목이 뻐근해지면서 혈압이 올라갔다. 총을 사는 방법을 인터넷에서 검색했다. 돈만 있다면 총은 부엌칼처럼 쉽게 살 수 있는 물건이었다. 한숨을 푹푹 몰아쉬었다. '샀는데 쏘고 싶어지면 어떡하지?' 이 생각에 이르러 고개를 저었다. '총이 있다면 쏴버릴 거야. 그러니까 총을 사면 안 돼. 어떻게 복수를 하지? 좋은 방법이 안 떠올라. 제길!' 남자의 목소리가 귓가에서 웅웅거렸다. '내 마당에서 꺼져!'

이튿날 아침 출근을 위해 현관을 나섰다. 이웃집 감시 카메라가 눈에 들어왔다. 그는 가운뎃손가락으로 총을 쏘며 '퍽큐!'를 하고 싶었다. 그런데 할 수 없었다. 만약 비디오카메라에 녹화되어 이웃집 남자가 보게 된다면 이웃집 남자는 '퍽큐' 하는 손가락을 부러뜨리겠다며 다가와 총으로 위협할 수도 있을 것이다. 그렇게 생각하자 겁이 났다. 승용차 운전석으로 들어갔다. 선글라스를 낀 후 차를 회전시키면서 정면을 향해 '픽큐!' 했다. '세상에! 할 수 있는 복수가 픽큐 인사밖에 없는데 그마저도 이토록 소심하다니!' 자신이 추레해 보여 미칠 것 같았다. 할 수 있는 복수가 그것밖에 없었다. 그것이라도 열심히 하지 않으면 더 미칠 지경이었다.

매일매일 '픽큐!'를 보냈다. 진짜 총이었다면 한 번 쏘고 말았을 텐데 가짜 총이어서 쏘고 또 쏘았다. 반복의 지루함을 피하기 위해 여러 변형으로 동작을 바꿔가며 '픽큐!'를 쏘았다. 어쩌다 이웃집 남자와 만나게 되면 등을 돌리고 걸었다. 가장 큰 복수가 인사를 안 하고 피하는 것이었다. '픽큐!'에는 총알이 들어 있지 않았기에 아무런 일도 일어나지 않았다.

한 달쯤 지났을 때였을 것이다. '픽큐!'의 효과가 몸에서 자라는 것이 느껴졌다. '픽큐!'를 쏘면 고향이 그립던 마음이 잦아들었다. 이웃집 남자에 대한 불쾌감이 날아갔다. 회사에서 얻은 스트레스가 증발했다. 어떤 날의 '픽큐!'는 그로 하여금 정체를 알 수 없는 어떤 성취감으로 인해 흥분되어 가슴이 빵빵하게 부푸는 것을 느끼도록 만들었다. 그는 아침으로, 저녁으로, 매일매일 '픽큐!'를 했다.

사슴 장례식

팻말에는 '로런을 기억하며'라는 큰 글씨 아래에 '안전하게 운전하기!'라는 작은 글씨가 적혀 있었다. 흰 바탕에 검은 글씨였다. 교통사고를 줄이기 위해 만든 추모 표지였다. 추모 표지 앞에 서서 그는 인터넷으로 기사를 검색했다. 로런은 열여덟 살이었고 고등학생이었다. 그 지역에서는 열여섯 살 생일 이후부터 운전면허를 딸 수 있다. 십 대 사망사고는 대부분 교통사고였다. 신문 기사는 사고 경위를 밝히지 않았다. 장례식이 교회에서 진행된다는 내용으로 끝났다.

그는 신문기사에서 눈을 뗐다. 고개를 돌렸다. 도로 상황을 살폈다. 이런 안전한 도로에서 사망사고가 났다니 믿기지 않았다.

도로 곁에는 폭이 30미터가 넘는 안전지대까지 있었다. 그는 팻말의 문구를 다시 읽었다. 가족이 팻말에 '안전하게 운전하기'라고 적어놓은 것에 따른다면 로런은 누군가로부터 해코지를 당한 것이 아니라 스스로 안전을 지키지 못해서 저세상으로 간 것이었다. '안전하지 않게 운전하기' 때문에 벌어진 일이었다. 어떤 운전이 '안전하지 않게 운전하기'인 것일까. 도로 조건으로 보아 원인은 과속이나 곡예 운전일 수밖에 없었다.

그는 매일 출근하면서 로런의 팻말을 지나쳤다. 집에서 칼을 쓰는 일에 조심했고 바깥에서는 차를 모는 일을 조심했으며 직장에서는 타인에게 너그럽게 대하면서 1월이 무사히 지나가길 기원했다. 로런의 가족이 적어놓은 '안전하게 운전하기'를 떠올렸고 평소에 조심하지 않는 것은 무엇인지 점검했다. 1월이 무사히 지나갔다. 로런의 팻말에게 감사한 마음을 가졌다.

팻말 앞을 지나칠 때마다 사고 경위를 상상했다. 로런은 모래밭에서 소라 껍데기를 줍는 것을 좋아했다. 가족이 팻말 아래에 소라 무덤을 만들어둔 걸 보면 알 수 있다. 정적을 좋아하는 성격이었을 텐데 어쩌다 과속을 하게 되었을까. 과속은 그 자체로 문제가 되는 것이 아니다. 정지해야 할 순간 정지하지 못했을 때에 문제가 되는 것이 과속이다. 브레이크가 잘 들어야 한다. 로런은 무엇을 만났을까? 혹시 귀신을 만났을까? 브레이크를 너무 세게 밟아서 차가 터져버린 것일까?

로런의 팻말 앞에서 속도를 높였다. 급브레이크를 밟았다. 엔진은 정상이었다. 브레이크 또한 잘 들었다.

밤에 아내와 쇼핑몰에 가기 위해 집을 나섰다. 평소처럼 운전을 하는데 아내가 소리를 질렀다.

"여보, 당신 미쳤어? 왜 그래?"

그가 말했다.

"왜?"

아내가 말했다.

"왜 안 하던 짓을 해? 그렇게 죽을 듯이 운전하는 사람이 어디 있느냐고!"

그는 아내의 말을 듣고 나서야 계기판의 숫자를 보면서 속도를 늦췄다. 로런의 팻말 앞이었다. 아내의 얼굴을 보자 기분이 머쓱했다. 평상시처럼 운전을 했을 뿐이었다. '이곳은 차에 이상이 느껴지면 언제든 차를 세울 수 있는 안전한 도로이고, 안전을 시험하기에 가장 적절한 곳이야, 왜 여기에서까지 조심해야 하지?'라고 말하려는 순간 아내가 말했다.

"사슴이라도 치면 어쩌려고!"

"사슴?"

"그래, 사슴."

"우리 마을에 사슴이 있어?"

"집 마당에까지 내려오기도 해."

"나는 못 봤는데."

"주민들한테서 들었는데, 휴일이나 주말에는 집에 사람이 많으니까 안 온대. 평일 낮에 가끔 보여."

"알았어. 조심할게."

그는 아내에게 대답한 후 조용히 로런의 사고를 상상했다. '아! 그랬겠다. 로런은 사슴을 피하다가 사고를 낸 것이었을 수 있겠네.' 무슨 말이든 해야 할 것 같아서 이렇게 말했다.

"1월이 지나가서 다행이야. 내가 손가락을 베서 응급실에 갔던 일, 머리에 돌을 맞고 응급실에 갔던 일, 아킬레스건이 터져서 수술을 받았던 일, 기억하지?"

"당연히 기억하지. 어떻게 그걸 잊을 수 있겠어?"

"그게 모두 1월이야. 스케줄 표 점검하다 보니까 그렇더라."

"그렇구나. 운이 나빠서 다쳤다는 건 기억나는데 그게 모두 1월에 있었다는 것은 몰랐어."

"1월이 잘 지나갔으니 다행이야."

"그런데 여보!"

"응?"

"조심은 1월에만 한다고 해결되는 건 아니야. 1월을 겁낼 게 아니라 1월에 조심하면 되고, 2월이 되고 3월이 되어도 1월에 했던 것처럼 조심하면 돼. 일 년 삼백육십오 일 늘 조심했으면 좋겠어. 조심을 나누어서 할 게 아니라 조심하는 총량을 늘려야 해. 당신한테는 두 아들이 있어. 그 애들을 위해 조심해."

"알았어."

그는 아내와 대화를 나눈 뒷날부터 로런의 팻말 앞에서 과속하는 버릇을 끊었다. 의식적으로 서행하면서 안전을 챙겼다. 무사한 나날에 감사하며 2월을 보냈다.

3월 어느 월요일이었다. 로런의 팻말 앞에서 그는 사슴을 만났다. 그가 생각하기에 사슴은 풀숲에 몸을 감추고 자야 할 것 같은데 사슴은 차도 갓길에 네 발 중 한 발을 걸치고 아무렇게나 드러누워서 자고 있었다. '여기에서 자고 있다니, 우연치고는 인연 깊은 우연이구나'라고 생각했다.

그는 차에서 내렸다. 봄꽃이 보였다. 푸른 잔디 틈을 비집고 올라와 자잘하게 피어 있었다. 전화기를 꺼내어 응급센터에

연락할 준비를 하면서 사슴을 향해 걸어갔다.

　사슴은 그의 발소리가 가까이 다가오는 것을 듣고도 깨어나지 않았다. 굉장히 깊은 잠에 빠진 것 같았다. 사슴을 잠들게 만든 운전자는 사슴을 도로 가로 밀어낸 후 유유히 길을 간 것 같았다. 로런의 사고가 상상되었다. 로런은 사슴을 피하기 위해 핸들을 급하게 꺾은 뒤 반사적으로 급브레이크를 밟았을 것이다. 차가 뒤집혀서 내동댕이쳐졌을 것이다. 한적한 밤이었을 것이다. 로런은 소라 껍데기 속에서 그것을 귀에 대는 사람의 귓속으로 옮겨 다니는 파도 소리처럼 아련한 꼬리를 남기며 숨이 멎었을 것이다. 열여덟 살의 인생은 그렇게 끝났을 것이다. 그는 손수건을 꺼냈다. 그리고 사슴의 눈 주위에 묻은 피를 닦았다.

자전거 도둑

손님은 자전거를 눈으로 보다가 핸들을 만졌다.

주인 할아버지가 손님에게 말했다.

"그게 마음에 들어요?"

손님이 말했다.

"괜찮은 것 같습니다."

주인이 말했다.

"자전거를 눈으로 봐서 아나? 타봐야 알지. 살 거면 타봐."

손님이 말했다.

"안 살 수도 있는데 괜찮을까요?"

주인이 말했다.

"돈 내고 타."

손님이 물었다.

"돈 받으려고 타보라고 하시는 거예요?"

주인이 말했다.

"한두 번 당한 게 아니어서 그래. 이놈의 자식들이 타본다고 해놓고 안 와버리는 거라. 중고라고 만만하게 보고."

손님은 고개를 끄덕였다. 시승한다고 해놓고 달아난다면 허망할 것이다. 충분히 가능한 일이었다. 손님이 말했다.

"그게 걱정이시라면 제 자동차 열쇠를 맡길게요. 설마 제가 저걸 놓고 자전거를 훔쳐가겠어요?"

주인이 말했다.

"차 타고 왔어? 그거라도 줘."

손님은 자동차 열쇠를 넘겼다.

3월말에 벚꽃이 피었다. 시승 보증금을 요구한 할아버지가 생각났다. 좋은 물건이 나오면 연락을 주기로 했다. 아직 연락이 없어서 사지 못했다. 기다리는 사이에 꽃이 피었다. 그에게는 눈에 들어온 자전거가 생겼다. 집에서 멀리 떨어진 중고 가게였다.

최대한 가벼운 차림으로 집을 나섰다. 주인은 젊은 사람이었다. 손님이 말했다.

"저 자전거를 사고 싶습니다."

"잘 고르셨습니다. 중고치고 저만 하면 최상급입니다."

"잘 구르나요?"

"당연하죠."

"타봐도 됩니까?"

"안 될 건 없는데, 자전거 잘 타십니까?"

"그럼요. 당연하죠. 자전거는 타봐야 알죠."

"타보시죠 뭐."

주인이 허락했다. 손님은 마음이 설렜다.

손님은 안장 높이를 조절했다. 최고의 속도를 낼 수 있도록 몸에 맞췄다.

상점에서 나왔다.

자전거는 최상품이었다.

손님은 집 쪽으로 방향을 잡았다.

점점 더 빠르게 페달을 밟았다.

중고 가게 주인 할아버지가 고마웠다.

자전거 타기에 좋은 계절이었다.

눈사람

폭설이 그쳤다. 해가 뜨고 기온이 올라갔다.

아빠가 말했다.

"밖에 나갈까?"

아이가 대답했다.

"눈사람 만들어요."

아빠가 자리에서 일어났다.

아이가 말했다.

"밥은 없어요?"

아빠가 아이의 뺨을 때렸다.

"내 책임인 듯이 말하지 마."

두 사람은 눈밭에 섰다.

아빠가 말했다.

"나를 굴릴 수 있겠니?"

아이가 말했다.

"어떻게요?"

아빠가 눈 위에 누웠다. 공벌레를 흉내 냈다. 그리고 말했다.

"굴려봐."

아이가 말했다.

"배고파요. 못 굴려요."

아빠는 아이의 말을 들었다.

아빠는 공벌레 자세를 풀었다. 일어났다. 옷에 묻은 눈을 털었다.

아이가 말했다.

"눈사람 만들어요."

아빠가 말했다.

"누워봐."

아이가 누웠다. 눈이 차가웠다. 몸을 웅크렸다. 웅크리자 저절로 몸이 공벌레가 되었다.

아빠가 말했다.

"이렇게 굴려보란 말야."

아빠는 아이를 굴렸다. 아이의 몸에 눈이 엉겼다. 눈이 엉기자 굴리기 편해졌다. 아빠는 공을 만들었다. 아이는 공속에서 회전했다. "배고파요." 아이의 말은 눈을 뚫지 못했다. 아빠는 속도에 빨려 들어갔다. 공을 굴리는 속도가 점점 빨라졌다. 굴리는 일에 몰입했다.

아빠는 거대한 눈사람의 일부를 만들어 놓고 땀을 닦았다. 아이를 찾기 위해 주위를 두리번거렸다.

정신이 들었다.

아빠가 말했다.

"얘야, 춥지. 아빠가 꺼내줄게."

꺼낼 수 있을까.

죽은 아이를 꺼낸다면?

아빠는 두리번거렸다. 비탈이 보였다. 공을 밀었다. 비탈로 다가갔다.

비탈 앞에서 멈추었다. 아래를 내려다보았다. 빌딩 숲이 보였다. 도시는 눈에 덮인 듯 조용했다.

아빠는 힘을 주었다. 공에 힘을 가했다. 눈덩이가 비탈로 진입했다.

아빠는 뒤로 돌았다. 아이의 발자국이 있는 곳으로 걸어갔다.
손을 호호 불어 녹이며 눈을 움켜쥐었다. 그것으로 아이의
발자국을 덮었다.

엘림 들깨수제비 집에서
음식을 놓고 침을 삼키는 아빠와 아들

엘림 들깨수제비 집의 메뉴는 수육과 들깨수제비와 들깨칼국수이다. 수제비와 칼국수는 들깨로 국물을 내고, 수육은 돼지고기를 삶아서 만든다. 가게 이름에 든 '엘림'은 기독교 성경에 나온다. 모세가 이스라엘 백성을 이끌고 이집트를 탈출하여 홍해의 바닷물을 가르고 건너가 당도한 육지는 사막이었는데, 사막이었으므로 마실 물이 없었다. 사막 중간에 오아시스가 있었으니 그 지역을 엘림이라 불렀다.

사춘기 아들은 한약을 먹고 있었다. 한의원 원장은 돼지고기와 닭고기의 기운이 약의 성분과 상충하니 치료 중에는 먹지 않는 것이 좋다고 말했다. 그 외에도 가려야 할 음식이 많아서 식단을 짜는 것이 힘들었다. 아들은 돈가스와 치킨을 좋아했다. 약을 먹는 동안만큼은 단기적 채식주의자로 살아야 하는 상황이었다.

아들과 아빠가 대화를 나누었다.

"소고기는 먹어도 되죠?"

"그렇지. 돼지고기, 닭고기를 피하라고 했지."

"그럼 햄버거 먹으러 가요. 패티는 소고기로 만드니까."

"별로야."

"왜요?"

"너 데리고 가려고 수제비 집 알아놨어."

"아빠가 먹고 싶은 것 아니고?"

"맛있다더라. 맛집으로 소문났어."

"그럼 한번 가보죠."

"다음에는 햄버거 먹으러 가자."

아빠와 아들은 엘림 들깨수제비 집에 들어갔다. 손님들은 모두 수제비와 함께 수육을 먹고 있었다. 아빠는 메뉴판에 적힌 '수육'을 보며 직원에게 물었다.

"수육은 돼지고기지요?"

직원이 말했다.

"맞습니다."

아들이 말했다.

"먹고 싶지만 참을게요."

아빠가 말했다.

"한약 때문에 만날 힘들다, 그렇지?"

아들이 말했다.

"한 달만 더 먹으면 되니까 괜찮아요."

아빠가 말했다.

"여드름 때문에 한약 먹는 친구 또 있니?"

아들이 말했다.

"몰라요."

두 사람은 수제비를 주문했다. 잠시 후 들깨수제비 2인분이
당도했다. 아빠는 당황했다. 수제비와 함께 수육이 다섯 점씩
기본으로 나왔다. 손님들이 모두 수육을 먹고 있었던 것은 그
것 때문이었다.

아빠는 수육 앞에서 갈등했다.

기본으로 나온 음식을 먹지 않는 것은 식당 주인에 대한 예의가 아니다. 하지만 먹고 싶은 걸 참는 것이 인간이다. 참아야 한다. 아빠는 수육 접시를 수제비 뚝배기 뒤쪽으로 숨겼다. 숨기는 데에 성공했다고 생각했는데 아들이 뚝배기 너머로 고개를 빼서 수육의 생김새를 감상했다. 아버지는 젓가락을 들었다.

김치를 집으려던 손이 그만 수육을 집고 말았다.
수육을 새우젓에 찍는 순간 아들과 눈길이 마주쳤다. 아들의 눈빛이 반짝 '소리를 내며' 날카로워졌다. 아빠는 접시에 도로 가져다놓았다.

수제비를 먹는 동안 내내 아들과 아빠는 수육을 눈으로 바라보았다. 옛날에 모세는 엘림에 닿기 전 지팡이로 홍해를 갈랐다는데 아들과 아빠는 엘림 들깨칼국수 집에서 숟가락으로 수제비 국물을 갈랐다. 아들은 아빠가 덜어준 수제비를 아빠의 그릇에 도로 돌려주었다. 아빠는 수육에 묻혀놓은 새우젓을 보며 침을 삼켰다. 아빠는 사십 대였다. 아들은 십 대였다.

처음 보는 타인의 시체

어느 날 그의 망각은 퇴근 이후의 기억을 모두 흡수해서 어딘가로 데려가버렸다. 그래서 이튿날 아침 그는 전날 밤 무슨 일이 있었는지 하나도 기억하지 못했다.

그는 변기를 부여잡고 토하다가 스마트폰을 잃어버린 것 같다고 생각했다. 기억이 없으니 잃어버렸는지 도둑맞았는지 알 수 없었다. 다른 모든 느낌은 모호했는데 스마트폰이 없다는 느낌만은 아주 선명하게 들었다. 그는 구토를 멈추고 몸을 일으켰다. 거실로 가서 유선전화로 스마트폰에 전화를 걸었다.

신호는 가는데 아무도 받지 않았다. 그는 전화를 끊었다. 일단 신호가 간다는 사실에 안도했다. 스마트폰에 배터리가 남아 있다는 뜻이었다. 배터리가 남아 있다면 찾는 것은 어려운 일이 아니었다. 스마트폰을 잃어버렸다가 타인의 도움을 받고 찾은 경험이 있었다. 무려 다섯 번이나 되었다. 그는 운이 좋은 사람이었다.

이번에는 누구도 전화를 받지 않았다.

그는 잠을 더 자기로 했다. 잠을 자기 위해 침대에 누웠는데 지난밤 일이 생각나지 않는다는 사실이 그를 불안하게 만들었다. 그는 불빛 휘황한 거리에서 헤매다가 필름이 끊겼다. 회사 동료들과 술을 마신 후 헤어졌고 그 뒤에 누군가를 만난 것 같은데 누구를 만났는지 기억나지 않았다. 회사 동료들과 헤어지는 장면이 마지막 기억이었다. 스마트폰을 들고 누구에게 언제 어떤 연락을 했는지, 신용카드로 어느 상점에서 결제를 했는지, 어떤 택시를 탔는지 기록을 본다면 기억이 살아날 것 같았다. 스마트폰이 없으므로 그는 아무것도 복구할 수 없었다.

설마 계수나무? 그는 잠자기를 포기하고 침대에서 일어났다. 계수나무 밑으로 달려갔다. 새벽이라서 사람이 없었다. 계수나무는 그에게 압정이었다. 계수나무는 하트 모양의 잎을 가졌고, 이파리에서 요거트 냄새를 풍겼다. 달에 계수나무가 산다는 동화를 어렸을 때부터 알고 자랐으니 계수나무는 지구에서 자라는 나무가 아니라 달나라에 사는 나무였다. 주차장 가로수를 계수나무로 심은 아파트는 흔하지 않았다. 그는 베란다에서 주차장을 내려다볼 때마다 계수나무에 의지해서 각박한 삶을 위로받았다. 떠나고 싶을 때 계수나무는 그를 생활에 고정시켜주는 압정 같은 역할을 했다.

왠지 모르겠는데, 그는 무의식적으로 자신의 몸 대신 스마트폰을 계수나무 아래에 놓고 낙엽을 이불 삼아 덮어주어서 노숙을 시켰을 것이라 생각했다. 가을이 되면서 그는 그곳에서 낙엽을 덮고 잘 수 있다면 참 멋있을 것 같다고 수백 번 생각했다. 그는 낙엽 더미를 헤쳤다. 스마트폰은 보이지 않았다. 그는 허탈해하면서 손을 털었다.

스마트폰으로 신호가 갔으나 아무도 받지 않았다. 그는 타인의 도움을 받아 스마트폰을 찾는 것은 불가능할 거라는 예감을 받았다. 그는 2차 시도에 돌입했다. 컴퓨터로 스마트폰의 위치를 추적했다. 추적 결과가 나타났다. 프로그램에 의하면, 스마트폰이 있는 곳은 아파트 주차장이었다. 그는 다시 계수나무를 떠올렸다. 계수나무는 주차장에 있으니 위치 추적 프로그램이 가리키는 주차장은 계수나무 아래일 것 같았다. 그는 지도를 확대했다. 확대를 해보니 화살표가 가리키는 곳은 계수나무 아래가 아니라 경비실이었다. 경비실과 계수나무는 5미터 쯤 떨어져 있었다. 그는 경비실로 뛰어 내려갔다.

그는 경비원에게 여유 있는 말투로 물었다.

"스마트폰 발견하신 것 있으시죠?"

경비원은 미안하다는 표정을 지으며 말했다.

"언제요?"

"어젯밤에요."

"없습니다. 제가 근무했는데 그런 건 없어요."

"정말요?"

"네. 없습니다. 전화번호가 어떻게 되십니까? 제가 전화를 걸어볼게요."

그는 경비원에게 전화번호를 알려주었다. 경비원이 전화를 걸었다. 스마트폰은 울리지 않았다.

회사에서 그에게 간밤의 안부를 묻는 사람은 없었다. 회식 자리에서는 특별한 일이 없었던 것 같았다. 누구를 만났을까? 위치 추적 프로그램을 사용하지 않았다면 어젯밤에 만난 누군가가 스마트폰을 보관하고 있을 거라고 생각할 수 있었다. 그런데 프로그램이 가리키는 곳은 주차장 경비실이었다. 그는 일이 손에 잡히지 않았다. 그는 틈틈이 스마트폰의 위치를 새롭게 추적했다. 누군가 손에 넣었다면 위치가 바뀔 것이었다. 결과는 같았다. 첫 위치에서 한 뼘도 움직이지 않았다. 스마트폰은 모래를 파고 들어간 거북이처럼 주차장 바닥을 파고 들어가 누워 있는 것 같았다.

'맞아. 그랬어!' 그는 술을 마시다가 심심풀이 삼아 스마트폰을 숨겨보기로 마음먹었던 기억을 떠올린 후 무릎을 쳤다. 자기 손으로 자기의 스마트폰을 쓰레기통에 넣었다가 냄새 나는 쓰레기 속에 손을 넣고 스마트폰을 꺼낸 기억, 변기에 넣어보려 했으나 취중에도 그것은 곤란하다고 생각하며 단념하며 혼자 놀았던 기억이 떠올랐다. 어디에다 숨기면 좋을지 고르던 중 계수나무 아래의 낙엽 더미를 보고 쾌재를 불렀다. 그는 숨긴 자리를 표시하기 위해서 발로 낙엽을 꾹꾹 밟아 눌렀다. 꿈속의 일인지, 취중의 일인지, 상상으로 만든 일인지 확신이 서지 않았다.

그는 위치 추적 프로그램을 다시 구동했다. 아침과 다른 점은 배터리 잔량이 6퍼센트로 줄어들었다는 점이었다. 배터리가 방전되면 위치 확인이 불가능해지고 원격으로 전화기를 잠

그는 것도 불가능해진다. 그에게는 100 중에서 6만큼의 가능성이 남은 것이었다. 그는 배터리가 남아 있는 동안에만 전화기를 찾을 수 있을 것이라는 생각이 들어 조퇴를 신청했다.

그는 아파트로 갔다. 계수나무 아래로 갔다. 가을 한낮은 포근했다. 낙엽이 발길에 채이면서 바스락거렸다. 그는 붓으로 흙을 털어내는 고고학자처럼 유물을 캐듯이 정성껏 손으로 계수나무 낙엽을 헤쳤다. 섬세하게 정성을 기울이면 스마트폰이 짜잔 하고 모습을 드러낼 것 같았다. 그러나 스마트폰은 나타나지 않았다.

그는 경비실로 갔다. 경비원에게 도움을 요청했다.

"위치 추적이 여기로 나오는데, 이상합니다. 여기 있어야 하는데 없어요."

경비원이 자리에서 일어났다. 경비원은 아침에 그랬듯이 전화기로 전화를 걸면서 주차장을 배회했다. 전화벨 소리는 주차장 어디에서도 들려오지 않았다.

'왜 없는 것일까. 분명히 여기에 있어야 하는데!' 그는 집으로 올라가서 컴퓨터로 위치를 새로 추적했다. 추적 결과는 그대로였다. 배터리 잔량이 2퍼센트로 표시되었다. 곧 신호를 받을 수 없는 상태가 되고 위치 추적 프로그램으로 위치의 변화를 알아볼 수 없게 된다는 뜻이었다. 그는 주차장으로 다시 내려갔다. 걸레로 방바닥을 닦듯이 꼼꼼하게 주차장 바닥을 살폈다. 위치 추적 장치에 의하면 틀림없이 그곳에 있어야 하는데 눈에 보이지 않는다는 사실이 믿기지 않았다.

'언제 온 것일까?' 그는 119 구급차를 바라보았다. 구급차는 아파트 복도로 들어가는 현관 앞에 서 있었다. 그는 구급차를 향해 걸었다.

구급차에는 구급대원이 없었다. 엔진은 켜져 있는데 사이렌 소리가 없고, 경광등도 잠잠했다. 위급상황을 해결하기 위해 출동한 것이 아닌 듯했다. 그는 희망을 품었다. '나는 운이 좋으니까, 어떻게든 도움을 받을 수 있을 거야.' 119 대원들은 구급업무를 우선적으로 하지만 시간적으로 여유가 있다면 무엇이든 해결할 수 있다고 했다. 벌집을 제거하기도 하고, 우물에 떨어진 전화기도 건져 올린다고 했다. 그는 구급차 앞에서 대원을 기다렸다. '위치 추적이 이렇게 나오는데, 여기에 그 스마트폰이 없어요. 이런 경우에는 어디를 살펴야 찾을 수 있을까요? 죄송합니다만, 좀 도와주세요.' 그는 애교를 섞은 어조와 화법에 대해서도 생각했다. 구급대원들은 대개 친절하고 상냥하지만, 전화기를 찾아달라고 부탁한다는 것은 황당한 짓이므로, 애교를 섞어서 요령껏 말을 건네는 것이 중요했다.

구급대원은 한참을 기다려도 오지 않았다. 그는 주차장 구석구석을 살폈다. 허리를 숙여서 주차된 차들이 가린 바닥을 살폈다. 그리고 하염없이 계수나무 아래에서 낙엽을 뒤적였다.

이십여 분이 흘렀다. 구급대원의 모습이 눈에 들어왔다. 제복을 입은 대원들이 아파트 어느 집에서 일을 마친 후 구급차로 복귀하는 것 같았다. 그는 대원들을 붙잡기 위해 계수나무를 등지고 구급차를 향해 뛰었다.

그는 뛰다가 우뚝 멈춰 섰다. 발걸음이 떨어지지 않았다. 병상에는 사람이 누워 있었다. 구십 세쯤 되었을까? 하얗게 핏기가 가신 얼굴이 투명 비닐에 덮여 있었다. 얼굴 아래의 몸은 하얀 천에 덮여 있었다. 입과 코를 덮은 비닐에 입김이 서리지 않는다는 것, 얇은 비닐이 부풀었다 가라앉는 숨결의 움직임을 전혀 보여주지 않는다는 것을 통해서 그는 구급대원이 장시간 아파트에서 무엇을 수습했는지 짐작할 수 있었다. 굉장한 장면이었다. 구급대원은 죽음이라는 고요가 흐트러지지 않도록 조심조심 병상의 바퀴를 굴렸다. 그는 시체를 보는 것이 처음이었다.

그는 스마트폰 생각을 잊어버리고 멍하니 서 있었다. 자신도 모르게 눈이 감겼다. 그는 속으로 말했다. '가시는 길 편안

하시길 바랍니다. 몇 호에 사시던 누구신지 모르는 님.' 그는
죽은 사람의 모습을 보기 위해 눈을 떴다. 처음 보는 타인의
시체에서 무서움이 안 생긴다는 사실이 신비로웠다. 죽은 자
는 편안해 보였다. 구급대원이 묵묵히 침대를 구급차에 밀어
넣었다. 차 안으로 빨려 들어가는 침대와, 그 침대 위에 얹힌
시체가, 손안에 들어오는 스마트폰처럼 작아 보였다. 구급차
는 사이렌 소리 없이, 경광등도 잠잠한 채로 주차장을 벗어났
다. 그는 구급차의 꽁무니를 바라보다가 방전된 로봇처럼 고
개를 툭 떨구었다.

집에서 전화를 걸었다. 스마트폰은 배터리가 나가서 신호가
연결되지 않았다. 그는 살아 있음에 감사하며 새 스마트폰을
사기 위해 집을 나섰다.

소설의 순간들

결말

결말에 대하여

시간이 종료되면 끝이 나는 축구나 농구라면 얼마나 좋을까. 승부가 결정나야 끝나는 것이 야구이다. 역전이 가능한 9회 말 투 아웃 만루가 끝나면 야구장이 어떻게 되겠는가. 기분 좋게 이기는 쪽의 상황만 생각하기로 하자. 어차피 이기는 싸움에 도전한 셈이니까, 우리는.

승부가 절정이라면 환호가 결말이다. 절정을 설명하면서 좋은 절정은 결말로 가는 길이 뚫려 있어야 한다고 말했다. 가장 멋있는 환호는 진 팀에게 위로와 감사의 마음을 전달하는 것까지 챙기는 감독에게서 보인다. 자기만 생각하는 환호에 빠지면 어쩌면 속 좁아 보인다. 속이 안 좁아 보이려고 승리 팀 감독은 꼭 패배 팀 선수에게 다음의 승리를 기원한다는 응원을 보낸다.

좋은 결말은 외길이다. 절정이 훌륭하면 훌륭할수록 결말로 가는 길은 좁고 분명하다. 발단에서 출발한 소설은 전개와 절정에 의해 다양하게 뻗어나갈 수 있다. 그러나 절정에서 이어지는 결말은 딱 한 길밖에 없다. 자연스러움이 그것이다. 9회말 투 아웃 만루 상황을 설정한 작가는 절정을, 승부를 지어놓고 첫 투구에 임해야 한다. 그래야만 안정적인 결말에 이른다. 결말까지 생각해놓아야 소설이 제대로 풀린다는 얘기이다.

서핑으로 얘기해볼까? 서핑에서 초보는 파도 위에 올라타는 것까지만 연습한다. 그러나 고수가 되면 파도에서 빠져나오면서 자기가 탄 파도를 바라보는 여유를 갖는다. 자기가 탄 파도는 이미 지나가서 거품이 되었지만 머릿속에서는 절정의 형태가 그대로 남아 있는 것이다. 그리고 결말을 우아하게 다진다. 뒤이어 오는 다른 파도에 맞지 않기 위해 최선을 다해 바다에서 빠져나온다. 자기가 탄 파도가 스러진 길을 따라 팔을 젓는 것이 최고의 방법이다. 소설의 결말은 그래야 한다. 절정에서 자연스럽게 이어지는 결말이 가장 좋은 결말이다.

그 남자가 국경수비대에서
무슨 일을 했는지 우리는 모르죠

그는 이웃집 남자와 주차장 앞에서 만났다. 그가 말했다.

"저희 가족은 이곳을 떠납니다. 그동안 감사했습니다. 행복하게 사십시오."

이웃집 남자가 말했다.

"떠나다니요?"

"이사를 합니다."

"어디로요?"

"원래 살던 곳으로 돌아갑니다."

"그러시군요. 돌아가는 것이니까 출국심사는 간단하게 진행되겠군요. 그렇겠죠?"

"아마도 그럴 거라 생각합니다."

"나가는 것은 쉽지만 들어오기는 어려운 곳이 이 나라입니다. 다시 돌아올 계획이 있습니까?"

"휴가를 보내고 싶으면 올 수 있겠지만 살기 위해서 올 수는 없습니다. 직장 때문에 말입니다."

"그렇군요. 조심히 여행하시기 바랍니다. 멕시코 쪽은 위험하니까 조심하셔야 합니다."

"왜 위험하죠?"

"국경을 침범하는 자들이 많잖습니까. 그 사람들을 막는 게 제 직업이었습니다."

"아, 그랬다고 하셨죠. 도움 말씀 감사합니다."

"그 근처에는 아예 접근하지도 마십시오. 여권 항상 잘 가지고 다니십시오."

"네. 명심하겠습니다. 감사합니다."

그는 말을 마치고 악수를 청했다. 이웃집 남자는 껌을 씹으면서 악수에 응했다. 선글라스를 끼고 있어서 눈빛은 보이지 않았다.

차가 마을 어귀를 벗어났다. 아들이 그에게 말했다.

"왜 옆집 아저씨와 말을 섞었어요?"

"마지막이니까."

"절대로 말 안 한다고 하셨잖아요. 너무 쉽게 태도를 바꾼 거 아닌가요?"

"나도 그러려고 했는데 좀 안쓰럽더라. 이제 볼 일이 없잖니. 내가 쪼잔해 보여서 마음을 바꿨어."

"무엇 때문에 마음을 바꿨어요?"

"알리 아저씨네 강아지가 마당에 들어오니까 그 집에 가서 초인종을 누르더라. 강아지가 왜 마당에 함부로 들어오게 만드느냐고 따지면서 다음부터는 절대 그러지 말라고 고함을 지르더라고. 그것 보고 반했다."

"반하다니요? 강아지한테 화를 내는 게요? 강아지한테는 관대한 게 여기 이웃들 특징이잖아요. 그런데 강아지가 들어왔다고 화를 내면 어떡해요?"

"사람과 사람 아닌 것을 모두 동등하게 대하는 걸 보니까 기분이 풀리더라고. 나만 당하는 게 아니라고 생각하니까 공평해서 감동적이더라."

그는 말을 끊으면서 주위를 둘러보았다. 1년 해외출장으로 나와서 '잘' 살았다. 높은 나무와 깨끗한 호수가 일품이었다. 나쁜 기억이라고 한다면 이웃집 잔디밭에 반 발짝 들어섰다가 남자로부터 당장 꺼지라는 말을 들었던 것 하나가 가장 컸다. 도착했을 당시 친근하게 맞아주고, 처음으로 말을 걸어준 사람이어서 고마웠기에 이웃집 남자의 반응은 황당하고 열받았다. 그러나 아웃사이더로서 눈치를 보며 살아가야 하는 처지에 보복할 방법이 없어서 매일 집을 나가고 들어갈 때마다 차 안에서, 이웃집 남자가 볼 수 없는 각도에서 중지를 세워 '퍽큐'를 날리는 것으로 스트레스를 해소했다. 이웃이어서 가끔 부딪칠 수밖에 없었다. 그는 인사를 피했고 가족들에게 남자를 욕하면서 스트레스를 날렸다.

그러던 어느 날 이웃집 남자가 신경질 내는 장면을 목격했다. 날이면 날마다 정원을 손봤는데 그날은 옆집 알리네 집 마당에 꽂힌 깃발을 바라보고 있었다. 인터넷 수리공이 마당에 매설한 선의 위치를 표시하기 위해 꽂은 깃발이었다. 인터넷 회사 로고가 박혔고 어린애 장난감처럼 작았으며 색상은 눈에 띄게 알록달록했다. 그중 하나가 이웃집 남자의 마당에 들어선 것이었다. 남자는 신경질을 부리며 깃발을 향해 퍽킹, 퍽킹거리며 삿대질을 했다. 삿대질에 열중하느라 누군가 자신을 지켜보고 있다는 사실을 감지하지 못했다. 그는 삿대질의 끝이 어떻게 풀려나갈지 호기심이 일었다. 인터넷 회사에 전화를 걸어 사유지 침해 사실을 알리며 고소를 하겠다고 억박지를 것인가? 법원에 정식으로 고소하는 문서를 보낼 것인가? 남자가 어떤 방식으로 자신의 감정을 처리할지 짐작이 되지 않았다. 잠시 후 남자가 행동을 취했다. 허리를 숙이고 깃발에 손을 뻗었다. 더러운 벌레를 잡아 패대기치듯이 던질 줄 알았는데 뜻밖이었다. 남자는 누군가에게 들킬까 봐 주위의 눈치를 살피면서 살며시 깃발을 뽑았다. 그것보다 더 세심하게 주의를 기울여 깃발을 들고 선에 맞춰서 꽂았다. 그리고 남자는 모든 깃발이 한 방향으로 향할 수 있도록 하나하나 방향을 틀어 재배열했다. 입으로는 '퍽킹'을 연발했다.

그가 아들에게 눈으로 보았던 것을 이야기해준 다음 이렇게 말했다.

"그런 것 보면 그 아저씨는 선에 강박이 있는 거야. 선을 넘어오면 안 되는 거지. 국경수비대에서 근무했던 것이 그 사람한테는 천직이었을 거야. 선을 보호하면서 그 사람은 행복했겠지."

"정신병일까요?"

"그런 것 같더라. 제일 힘든 사람은 당사자일 거야. 세상에 있는 선을 다 지키고 살아야 하니 얼마나 힘들겠니?"

"어쩌다가 그게 병이 됐을까요?"

"모르겠다만, 충격적인 일을 겪었겠지. 트라우마가 있을 거야."

"고치면 되잖아요."

"트라우마는 고칠 수 없으니까 병인 거야. 한번 만들어지면 없애기 힘들어. 그러니까 트라우마가 생기지 않도록 조심해야 하는 거야. 한번 만들어지면 평생을 간다."

"병원에서 못 없애요?"

"내 생각에는 못 없앨 것 같아."

"돈 내고 병원에 가는데 의사가 못 해주면 안 되죠."

"고칠 수 없으니까 큰 병인 거야."

"사람들이 병원에 돈을 많이 내는 데에는 이유가 있을 거예요. 의사들은 치료하는 사람들이잖아요."

"정신과 의사 선생님한테 연락해봐야겠다. 누구 생각이 맞는지."

"치료할 수 있을 거예요."

"아무튼 물어볼게."

밤에 그는 메신저로 정신과 의사에게 연락했다. 사는 곳의 시간이 달라서 그에게는 밤이었고 정신과 의사에게는 낮이었다. 두 사람은 서로 다른 낮과 밤에 대해 얘기하며 안부 인사를 나눈 후 이런 대화를 나누었다.

—미국에서도 잘 지내시나요? 그곳 생활은 어떻습니까?

—귀국할 예정으로 여행을 시작했습니다.

—귀국요?

—네.

—귀국을 한다 하시니 벌써 1년이 흐른 거군요. 시간 정말 빠르네요. 엊그제 가신 것 같은데.

—시간 참 빠릅니다. 종종 대화하고 싶었는데 시차가 있어서 포기했습니다.

—좋으셨겠어요. 주변에 해외에 갔다 오신 분들 대부분 우울증이 나아서 오시더라고요. 정신과 교수님 중에 지독한 무의욕 만사 귀차니즘에 빠진 분이 계시는데 해외에 갔다 오시더니만 삶의 활력이······.

—잘 쉬고 오셔서 그랬나 보네요. 선생님도 그럴 수 있는 안식년이 있지 않나요?

—매년 재계약 비정규직입니다. 늙어 죽을 때까지 일해야 돈 버는.

—트라우마에 대해서 의문이 있습니다.

—네. 말씀해보세요.

—아들과 대화하다가 '트라우마는 한번 만들어지면 힘들어지니까 안 생기도록 조심해야 한다'고 말했어요. 제가 맞게 말한 건가요? 트라우마를 완벽하게 제거하는 방법이 있다고 보

시나요? 의학적으로 본질적인 문제일 것 같습니다.

　—제거라는 단어는 무언가, 수술적 처치처럼 강제적 힘을 동원해서 떼어내는 건데, 그런 종류를 말씀하시는 것인가요?

　—비슷합니다. 가령 최면 같은 방법으로 떼어낼 수 있지 않을까 하는 생각을 했어요. 제거될 수 없을 거라는 생각이 먼저였는데, 아들에게 트라우마가 안 생기도록 조심해야 한다고 말한 뒤에 다른 생각이 들었어요. 정신과 의사 입장에서는 제거하는 것으로 치료를 완료할 수 있지 않을까 하는 기대가 들어서 묻는 것입니다.

　—정신과 치료에서는 사실 제거라는 말보다 과거의 트라우마가 지금 현재의 나에게 영향을 덜 끼치게 하는 방법을 찾는다는 것으로 설명해야겠네요.

　—트라우마를 없앨 수는 없고 현재에 영향을 끼친다 해도 어쩔 수 없이 받아들이되 영향이 덜 끼치는 쪽으로 유도한다는 뜻인가요? 그게 핵심인 것처럼 들립니다.

　—그렇죠. 당사자들은 고통스러우니까요. 의학적인 대상을 벗어나서, 트라우마는 아주 일상이죠. 상처 없는 사람이 없고요. 트라우마라는 것이 결국 과거인데 보통 환자들은 과거라는 것은 변할 수 없고 되돌릴 수 없는 고정된 팩트fact라고 생각하는데, 그게 아니고 과거라는 것은 항상 현재 시점에서의 재

해석이라는 점을 강조해야 합니다. 만약 10년 전에 실연한 사람이 지금 다른 이성을 만나서 잘 살면 그 사건은 별것 아닌 거고, 지금 잘 못 살면 10년 전 사건이 극심한 트라우마겠죠.

―트라우마는 극복하는 거지 지우는 게 아니라는 말이 맞나요?

―극복이라기보다는 이해하고 같이 간다라는 말이 좀 더 적절할 것 같아요.

―미국에서 이상한 사람을 보았습니다.

―어떤 사람인가요?

―이민국에서 일했던 사람인데 라인에 강박을 가지고 있는 것 같더라고요.

그는 의사에게 이웃집 남자의 이야기를 들려주었다. 그리고 이런 대화를 나누었다.

―트라우마로 비유해서 말하자면 해외출장 1년이 그 남자에 대한 기억으로 자리 잡을 가능성이 있겠네요. 그 남자 덕분에 남의 프라이빗한 영역에 안 들어가려고 더 조심하면서 사셨다고 하셨는데, 나쁜 기억을 통해 경계하고 조심하면서 도움을 받았다고 봐야겠죠. 기억의 중심에 그 남자가 있을 겁니

다. 약을 먹는다고 해서 그 기억이 사라지지는 않죠. 이해하고 측은지심을 가졌으니까 용서를 한 것이겠죠. 과거의 트라우마는 그렇게 이해하고 같이 가야 하는 것이죠.

—왠지 작별하는데 엄청 서운하더라고요. 기억의 중심에 있어서 그랬던 것인가 봅니다.

—중요한 게 있습니다.

—뭔가요?

—남의 기억 중심에 자신이 서 있다는 사실을 그 남자는 짐작도 할 수 없을 겁니다. 끝까지 여권을 잘 가지고 다니면서 조심하라고, 하지 않아도 되는 말을 하는 걸 보세요. 자기중심적입니다. 멕시코 국경에 있는 모든 이방인이 그 남자에게는 적입니다. 그 남자가 국경수비대에서 어떤 일을 했는지 우리는 모르죠. 선을 지키기 위해 악행을 저질렀을 수도 있습니다.

—그렇네요. 그 사람한테서 욕먹고 사생활 침해에 각별히 조심하느라 신경 써서 행동해서 무사했습니다. 한편으로 고마운 존재라고 생각했는데 이기적인 생각이었군요.

—개인적으로 예방주사를 맞은 셈이겠네요. 그 남자가 범죄자인지 아닌지 알 수 없지만 범죄 상황에서 대부분의 가해자들은 자신의 행동을 인식하지 못합니다. 피해자에게는 평생 고통스러운 트라우마가 생기는 것인데 가해자들은 모르는 것

이죠. 가해자를 죽인다고 트라우마에 해당하는 기억의 중심이 사라지는 것도 아닙니다. 그런 사람들을 사회적으로 치료할 수 있는 구조를 만들어야 합니다. 자기 라인을 지키기 위해 타인에게 어떤 위협을 가할지 알 수 없잖아요.

─그렇군요. 저는 그 사람 덕분에 무사히 보낼 수 있었습니다.

─아무튼 다행입니다. 무사하셔서.

두 사람은 다시 안부를 묻고 잘 지내라는 인사를 하면서 대화를 끝냈다. 그는 방문을 열었다. 여행지의 숙소에서 편히 잠든 가족의 얼굴을 바라보았다. '라인 맨' 덕택에 1년을 무사히 보냈다는 말이 자신의 입에서 나오리라 생각 못 했다. 뜻밖이었다. 정신과적으로 보자면 굉장히 이상한 놈이었다. 그는 무사 귀환을 축하하는 의미로 맥주를 마셨다. 맥주의 이름은 'Night Rain', 밤비였다. 슈퍼마켓에서 무심코 샀는데 라인 맨을 생각하며 밤에 마시려고 보니 참 이상한 이름인 것 같았다.

남편이 아내를 사랑하다

　손끝에 걸린 물질은 얄팍한 이불이 전부였다. 그는 잠에서 깨어 몸을 일으켰다. 방 귀퉁이에 웅크린 채 잠자는 물건, 실루엣으로 보아 큰 아이였다. 둘째 아이가 보이지 않았다. 눈을 돌렸다. 다른 쪽 귀퉁이에 둘째 아이라는 물건이 놓여 있었다. 아내는 보이지 않았다.

　문을 열고 거실로 나갔다. 기다란 사람 형상의 물건 하나가 여름용 대자리 위에 전개되어 있었다. 그는 전등을 켰다. 가만히 보니 아내였다. 그는 불을 껐다. 아내는 반응을 보이지 않았다. 혹시 죽은 것 아닐까. 어깨를 흔들어 깨우려다 손을 거뒀다. 실제로 죽은 거라면…….

　남편은 없었다.

다시 불을 켰다. 아내의 몸을 바라보았다. 이 여자는 남편이 없는 것이 불안하지도 않나? 남편을 찾기 위해 서재 문을 열었다. 깜깜했다. 불을 켰다. 가구가 무너질 것처럼 불쑥 눈앞으로 다가왔다. 서재의 어둠 속에 있을 것 같은 남편은 보이지 않았다. 어디로 갔을까. 온 집이 고요했다. 불쑥 무서웠다. 이 집 가장은 어디로 납치된 걸까.

화장실에 있을지 모른다. 화장실 문을 열었다. 불을 켰다. 환해졌다. 거울에 불빛이 반사되었다. 남편은 화장실 어둠 속에도 숨어 있지 않았다. '이봐, 당신 남편 어디 갔어?' 아내를 깨워 묻고 싶었다. 아내에게 다가갔다. 손을 뻗다가 거두었다. 두려움에 손길이 가로막혔다. 혹시 죽어가고 있는 것이라면……. 남편을 찾아야 한다. 그는 다용도실로 들어갔다. 남편은 옷걸이 뒤에 숨어 있을 것이다. 불을 켰다. 옷장 문을 열었다. 그곳에도 남편은 없었다.

남편을 찾기 위해 수납장 앞으로 다가갔다. 양말이나 옷핀처럼 남편은 말없이 서랍에 보관되어 있을 것이다. 첫째 서랍을 열었다. 그곳에는 남편이 없었다. 두 번째 서랍을 열었다. 그곳에도 남편이 없었다. 서랍은 모두 다섯 개였다. 그는 손놀림을 재개했다. 그러나 남편을 찾을 수 없었다. 침실로 달려갔다. 이불장을 열었다. 남편은 그곳에 없었다. 베란다로 나갔다. 남편은 화분에 물을 주다가 물과 함께 흙에 빨려 들어갔을 것이다. 그는 화분을 들었다. 남편이 혹시 밑으로 빠져나오지 않았을까 하여 물 받침 접시를 들여다보았다. 남편은 그곳에 없었다. 갑자기 눈물이 났다.

도대체 남편은 어디로 갔을까.

아내에게 다가갔다. 당신, 죽은 거야? 아내의 코밑 인중에 손가락 끝을 댔다. 연한 숨결에서 온기가 느껴졌다. 숨을 쉬는구나. 눈물겨웠다. 손을 거둬 눈을 비볐다. 눈알이 버석거렸다. 아내 앞에서 눈을 비비고 있는 이 남자! 그는 전율이 일었다. 불현듯 남편이 눈에 보였다. 자기가 남편인 것이었다. 살아 있음이 꿈만 같았다. 끝없이 감각이 살아났다. 그는 아내 곁에 누웠다. 아내가 뒤척이다 돌아누웠다. "어디에 갔다 왔어?" 아내가 잠꼬대처럼 말했다. 꿈이 아니었다. 그는 아내를 뒤에서 가만히, 비눗방울을 들어 올리듯 조심스럽게 안았다. 가슴이 뛰었다. 두려움이 사라지고 잠이 왔다. 그는 알게 되었다. 남편은 아내 곁에 있어야 남편이다.

유전자가 콩, 콩, 콩, 콩

친구에게서 전화가 왔다. 친구가 말했다.

"결혼식에 좀 와줘야겠다."

작가가 말했다.

"누가 식을 올려? 아들?"

친구가 말했다.

"우리가 아직 식을 못 올린 거 너도 알잖아. 시골 친구들 다 모이기로 했으니까 꼭 내려와라."

작가가 말했다.

"그러니? 전부 다 모이는 거 맞아?"

친구가 말했다.

"그래! 전부 모인다."

작가가 말했다.

"네 아들은 몇 살이냐?"

친구가 말했다.

"열다섯 살. 너는?"

작가가 말했다.

"열 살."

친구가 말했다.

"알았다. 예식장에서 보자."

작가가 말했다.

"네 부부가 식 올리는 거 맞지?"

친구가 말했다.

"응. 기념사진이라도 찍으려고."

작가는 들떴다. 결혼식장에서 모두 모일 고향 친구들이 눈앞을 스쳐갔다. 고등학교를 먼 곳으로 진학한 뒤에 한 번도 못 만난 친구도 있었다. 아들이 열 살이고, 고향을 떠난 지 20년이 되었다.

식장에 도착했다. 손녀 손자를 둔 할머니들이 대화를 나누었다.

"어머, 어쩜 너는 그때랑 지금이랑 똑같니?"

헐. '그때'란 소녀 시절을 의미했다. 전형적인 노년의 대화라고 작가는 생각했다. 잠시 후 이런 대화가 들려왔다.

"너 진짜 많이 삭았다. 왜 이렇게 망가졌냐?"

"그러냐? 난 네가 네 아버지인 줄 알았다!"

작가는 웃었다. 이 중년 아저씨들은 왜 방금 전의 할머니들과 정반대로 다른 것인가. 왜 적나라하게 사실적인 것인가.

신랑으로서 하객을 맞던 친구가 손짓으로 작가를 불렀다. 친구는 턱시도를 입었다. 멀리서 보니 유년에 함께 놀던 얼굴이 연상되었다. 놀림감이 되기 십상이던 친구가 의젓해져서 잔치를 지휘했다. 작가는 친구가 대견했다. 웃음 띤 얼굴로 다가갔다. 그런데 친구의 얼굴을 맞닥뜨리자 자기도 모르게 허리를 숙이게 되었다. 신랑이 머쓱해할 정도로 정중하게 예를 갖추었다. 신랑이 말했다.

"잘 왔다. 그런데 왜 그러냐?"

작가가 대답했다.

"나도 모르겠네. 네 아버지는?"

친구가 말했다.

"재작년에 돌아가셨지. 너도 문상 왔었잖아."

작가가 말했다.

"그랬구나. 까먹었다."

작가의 눈에 신랑은 친구가 아니라 유년에 보았던 친구의
아버지로 보인 것이었다. 작가는 눈을 돌렸다. 결혼식장에 과
거가 놀라울 정도로 생생하게 살아 움직였다. 아이였던 친구
가 모두 자기 아버지 혹은 큰형의 얼굴을 하고 있었다. 유전자
발현의 공식에 대입한다면 지금 자신의 얼굴에는 열 살에 돌
아가신 아버지가 들어앉아 있을 것이었다. 친구의 아버지는
자신에게 없는 존재여서 늘 질투가 났다.

아버지 없이 보낸 십 대는 힘들었다. 처음 만난 어떤 어른이
예의 없게 물었다. "아버지는 뭐 하시는 분이니?" 그는 병으로
돌아가셨다는 말을 내뱉기 힘들었다. 딴 데를 쳐다보면서 대
화를 피했다. 집에 돌아가 엄마에게 말했다. 엄마는 이렇게 말
했다.

"콩 팔러 가셨다고 그래라."

작가가 말했다.

"왜요? 그게 무슨 뜻이에요?"

엄마가 말했다.

"어른들은 그렇게 말하면 알아먹는다."

작가는 생각했다. 왜 콩을 팔러 떠나면 돌아오지 못하는 것일까.

결혼식이 시작되었다. 친구의 아버지가 친구의 아내와 손을 잡고 식을 올리는 진풍경이 펼쳐졌다. 콩가루 집안이 아닌데 이상하게 그런 느낌을 받았다.

첫 키스를 했다고 치자

한 남자와 한 여자가 있다고 치자. 두 사람은 같은 동네에서 자란 친구라고 치자.

두 사람은 중학교 일학년 때 처음으로 키스를 했다. 놀이터에서 그네를 타다가 가로등에 불이 들어오는 것을 보면서 문득 키스를 하기로 합의했다. 키스만 하기로 했는데 남자는 입술을 맞대면서 손을 여자의 가슴에 얹었다. 여자는 남자를 밀어내면서 거세게 뺨을 때렸다. 이런 행위가 데이트 폭력, 데이트를 빙자한 성추행의 범주와 어떤 상관관계를 가질 것인지는 미지수이다. 어쨌든 얘기를 진행해보기로 하자.

여자가 뺨을 때려놓고 울었다고 치자. 남자가 미안하다고 말했다고 치자. 여자가 울었기에 남자는 여자에게 무의식적으로 사과했을 것이다. 눈물은 고통의 결과이니까 말이다. 여자가 고통을 받았다면 여자를 고통스럽게 만든 사람은 남자였다. 여자가 말했다. "나중에 진짜로 사랑하는 사람을 만나면 그 사람한테 처음으로 만져보라고 허락하려 했단 말이야! 네가 그 사람이야? 네가 그 사람도 아니면서 왜 내 가슴을 만져? 넌 우리가 평생 갈 거라고 생각해?" 여자가 흑흑 울었다.

남자가 여자를 바라보며 씁쓸함을 느꼈다고 치자. 나중에 진짜로 사랑하는 사람을 만나면 그 사람에게 허락하려고 했다는 여자의 말은 남자가 듣기에 자신은 여자의 안중에 없다는 뜻이었다. 여자는 나중의 문제라고 말했으나 남자는 지금 당장의 상황이 당황스러웠다. 남자는 여자가 자신을 사랑하지 않는다는 점 때문에 자존심이 심하게 상했다. 그래서 따지고 싶었다. '키스를 허락했던 것은 그럼 뭐니? 사랑해서 그런 거 아니었어? 키스는 사랑 아니야?' 하지만 남자는 묻지 못했다. 여자가 울었기 때문이었다.

남자가 무릎을 꿇고 빌었다고 치자. 이렇게 말했다고 치자. "용서해줘. 내가 죽을 때까지 널 사랑할게." 이 말을 듣고 여자가 웃었다고 치자. 여자가 남자의 말을 믿었을까? 죽을 때까지라는 말을? 여자의 마음은 그렇다 치고, 남자의 마음에 여자를 패러디하고 싶은 욕구가 있었다고 치자. 남자는 이렇게 생각했을 수 있다. '나 역시도 나중에 진짜로 사랑하는 사람을 만나면 그 사람과 진짜로 멋있게 키스를 하려고 지금 키스를 한 것 아니었던가? 영화 같은 것을 보고 나도 모르게 손동작을 배워서 이렇게 된 것이 아니었을까? 저절로 손이 갔는데 그걸 어쩌란 말인가.' 남자는 자신의 마음을 꺼내 보일 수가 없었다. 남자는 그런 마음을 가리기 위해 엉겁결에 '평생'을 걸고 말았다.

여자가 계속 웃었다고 치자. 눈물을 닦으면서 웃었다고 치자. 어처구니없어서 웃었다고 치자. 남자가 진정으로 여자를 죽을 때까지 사랑하기로 마음먹었다고 치자. 남자에게 여자의 가슴으로 옮겨간 손은 무엇을 의미하는가. 두 사람이 어찌어찌 해서 결혼을 한 후 아이를 낳았다고 치자. 아이가 자라서 중학교 1학년이 되었다고 치자. 아이가 여자와 남자에게 "엄마 아빠는 왜 결혼했어?"라고 묻는다고 치자. 남자와 여자는 무엇이라고 답할 수 있을 것인가. 여자가 아이에게 "네 아빠가 죽을 때까지 나를 사랑한다고 했어"라고 대답하면서 웃는다고 치자. 남자에게 첫 키스는 무엇이었는가. 남자와 여자는 사이가 좋은 부부인데 부부싸움을 할 때마다 남자가 여자에게 "내가 내 손모가지를 뎅겅 잘라버릴 수도 없고……" 하고 말한다고 치자.

첫 키스를 한 이후에 결혼을 한 것으로 정리해보았는데 결혼은 첫 키스로 이루어지는 것이 아님을 우리는 잘 알고 있다. 그러나 배울 것은 배워야 한다. 우리는 위의 남자의 사례에서 이런 것을 배울 수 있다. 남자는 손의 움직임을 의미화하느라 결혼에 이르렀다. 충동이 아니었음을 증명하기 위해 죽을 때까지 사랑하겠노라 다짐했다. 충동에 의미가 부여되면 그것은 책임으로 진화한다. 책임은 사랑으로 발전한다. 사랑 이후를 우리는 열정이라고 부른다. 다른 건 모르겠다. 여자가 사과를 받아들였다면 그것은 평생이라는 말 때문이었을 가능성이 크다. 그리고 평생이라는 말에서 배울 것이 또 있다. 진정한 사과란 전부를 걸어야 가능하다는 것이다. 전부를 걸어야 용서가 용이해진다.

결혼은 푸른 토마토

"옷 갈아입으실 거예요?"

여자의 목소리였다. 아주 작게 들려왔다.

"아니. 됐습니다."

"창을 가릴까요?"

"아니. 열어두세요."

"왜요?"

"그냥요."

남자의 머리에서 빛이 났다. 승복 차림이었다. 샤워 후의 개운함이 얼굴에서 느껴졌다. 유리벽 안의 풍경은 고요했다.

여자가 일어났다. 거실로 가서 허리를 숙였다. 보스턴백에서 무언가를 집어 들었다. 반짝, 물건이 빛을 반사했다. 여자가 싱

크대 앞에서 물건을 칼로 뜯었다. 반짝거렸던 것은 컵라면 비닐이었다. 주전자에 물을 끓였다. 저녁 내내 아무것도 먹지 않은 것 같았다.

여자는 컵라면에 물을 부었다. 남자는 침실에서 가부좌를 틀고 앉아서 창밖을 응시했다. 아마도 유리에 비치는 자기 모습을 보고 있었으리라. 무거운 기운이 느껴졌다.

여자가 컵라면을 쟁반에 담아 들고 침실로 들어갔다. 남자가 앉은뱅이 식탁을 침실 가운데로 당겼다. 여자가 무릎을 꿇고 쟁반을 바닥에 놓았다. 컵라면 뚜껑을 벗겼다. 김이 피어올랐다. 여자는 남자에게 먼저 내밀었고 자기 쪽 자리에도 컵라면을 올렸다. 백김치 몇 쪽이 놓인 접시를 식탁 중앙에 놓았다. 두 사람은 앉은뱅이 식탁에 마주 앉아 컵라면을 먹었다. 아주 조용했다. 면발을 빨아들이는 소리도, 국물을 후루룩거리는 소리도 들리지 않았다. 벽이 소리들을 가두었다. 두 사람은 시장기를 달래었다.

여자가 자리에서 일어났다.

여자는 부엌으로 갔다.

여자가 냉장고에서 푸른 알맹이를 꺼냈다. 붉은 완숙 토마토였다면 분위기가 다르게 느껴졌을 것이다. 여자가 도마 위에 올린 토마토는 푸르고 탱탱했다. 싱그러움이 방금 전의 누추한 식사를 우아하고 간결한 소식小食으로 격상시켰다. 여자의 칼질은 조심스러웠다. 여자가 토마토를 접시에 올렸고 그것을 다시 쟁반에 담았다. 여자는 침실로 이동했다. 앉은뱅이 식탁 위에 토마토 접시를 놓았다. 식탁보는 하얀 천이었다. 흰 식탁보 위에서 토마토 접시의 자주색 기운이 빛났다. 객실에 비치된 기본 도구가 아니었다. 여자는 식사를 위해 집기를 챙겨 온 것이었다.

둘이 대화를 나누었다.

"결혼식은 잘 끝났니?"

"네. 신랑이 잘해줘요."

"같이 올 줄 알았다."

"신랑이 태워다줬어요. 전화하면 금방 올 수 있는 곳에 있어요."

"네 엄만?"

"그분이랑 잘 지내요."

"그렇구나. 결혼식 때 그 사람이 네 손을 잡았겠다?"

"네."

"신혼여행은?"

"내일 갈 거예요."

"오늘 가지 않고?"

"오늘은 오늘이잖아요."

"그래. 오늘은 오늘이지. 나 때문에 여행이 늦었구나. 나도 잘 지낸다."

여자가 포크로 토마토를 찍어서 남자의 손에 건넸다. 남자는 그것을 오물오물 씹었다. 치아가 그리 건강하지 않은 것 같았다. 시큼한 맛이 입안에 감돌았다. 침이 고였다.

여자의 결혼 첫날밤이었다.

이번에는 남자가 토마토를 여자에게 건넸다. 나이를 짐작하기 힘들었다. 중년으로 보이다가, 노인으로 보이다가, 어쩔 때는 청년으로 보였다.

여자가 바닥에 등을 대고 누웠다. 남자는 여자의 얼굴을 내려다보았다. 여자가 생글생글 웃으며 물었다.

"유리를 가릴까요?"

"아니다. 그냥 둬라."

"왜요?"

"창을 가리면 여기가 너무 좁아지잖니."

"……."

"……."

"여기 주인 좀 이상하지 않아요?"

"왜?"

"외벽을 통유리로 만들었잖아요. 황토집에다가. 아파트 거실처럼."

"바깥이 보이니까 안이 넓어 보이잖아."

"절에서 제일 가까운 곳이라서 예약했는데 이렇게 좁을 줄 몰랐어요."

"마당에 잔디가 있으니까 좋잖니."

두 사람은 한동안 말이 없었다.

"……."

"……."

남자가 품에서 봉투를 꺼내었다. 여자에게 말했다.

"여기 있다."

"뭐예요?"

"네 선물."

여자가 일어나 앉았다. 눈이 기대감으로 빛났다. 남자가 봉투를 내밀었다. 여자가 한 손으로 받았다. 여자가 봉투를 열었다. 무엇이 나올까. 남자는 결혼선물로 무엇을 준비했을까. 봉투에 넣어 건넬 수 있는 선물이란 무엇일까. 불교식 행운의 부적? 편지? 시시하지 않으면서 감흥적인 선물은 무엇일까. 여자의 손이 움직였다. 봉투 속으로 들어갔다 나온 손끝에 푸른색 지폐가 딸려 나왔다. 여자는 천천히 지폐를 세었다. 다섯

장이었다. 여자는 오만 원을 한참 동안 들고 있었다. 남자가
말했다.

"마땅한 게 없어서 말이다."

"……."

"요즘은 그 정도가 기본이지?"

"이러니까 꼭……."

"……."

"……남 같잖아……."

남자가 무안한 듯이 웃었다. 여자의 눈에 눈물 방울이 맺혔
다. 돌고, 돌고, 돌아서 불당 복전함에 들어갔을 돈은 달랑 오
만 원. 평범한 사이에 격식 차리느라고 부조하는 돈. 남자는 여
자를 그만큼으로 생각하고 있었다. 남자의 광대뼈 아래 볼에
서 주름이 물결처럼 일었다.

여자는 돈을 봉투에 넣은 다음 그것을 가방에 넣었다.

산에서 종소리가 내려왔다. 새벽이었다.

남자가 현관에서 고무신을 신었다.

여자가 말했다.

"또 연락할게요."

남자가 대답했다.

"그래. 행복해라."

"아빠……."

여자의 목소리에 남자의 명치 끝이 울렸다.

맺음말
테니스 코트에서 소설 창작하기

　내가 좋아하는 테니스 명언 중에 이런 것이 있다. '공을 때리려고 하지 마라. 공은 잠깐 스윙 속에 들어왔다가 다시 네트 저쪽으로 넘어가는 존재이다. 중요한 것은 스윙이다.' 스트로크를 처음 배울 때 들은 뒤 잊지 않는 말이다. 공은 스윙 속에 들어왔다가 사라지는 존재…… 그 말이 매력적이어서 나는 공이 다가오면 공이 라켓에 맞는 1천 분의 4초라는 무지막지하게 짧은 순간을 육안으로 보고야 말겠다는 과욕으로 공을 째려보는 것 대신 우아하게 스윙 자세를 유지하려고 열심히 노력한다.

　코치가 가르쳐 준 말은 아니다. 철학적 정언에 가까울 정도로 심오한 그 말은 70세 가까운 선배로부터 들었다. 공이 오면 일단 네트를 넘겨라, 라인 밖으로 안 벗어나게만 쳐라, 그러면 이기는 거다, 하는 식의 유머 섞인 말도 잘하는 사람이었다. 나와는 30년 정도 나이 차이가 나는 셈인데, 어린 내가 선배님이라 불러주면 무척 좋아한다. 소설을 어떻게 쓰느냐는 물음에 왼쪽에서 오른쪽으로 씁니다, 혹은, 한 글자 한 글자 씁니다, 하고 대답하는 노련한 대가처럼 그가 테니스 고수인 것은 아니었다. 그는 게임에서 에러를 많이 범하면서도 잘 웃는, 그러면서도 파트너를 편안하게 해주는, 운동 자체가 즐거움인 스타일이었다. 실기보다 이론에 해박했다. 그 나이 또래의 노장 플레이어들이 오로지 구력만으로 자기만의 스윙을 터득해서 교과서를 벗어난 스킬을 구사하며 정파正派를 당황하게 하는 사파邪派로 위상을 구축하고 있는 것과 달리 선수 출신 선배로부터 기본을 배워서 간결하고 정연한 스트로크 폼을 가지고 있었다.

테니스를 시작한 곳은 정선이었다. 졸드루 야영장이 있는 정선군 북평면 나전리 근처 소나무 숲속에 세 면짜리 코트가 있었다. 드루는 거기 옛말로 '들'이다. 졸드루는 좁은 들, 진드루는 긴 들. 우리 가족은 농가를 빌려서 한 달 정도 살았다. 여름이라 새벽이 빨리 왔고 8월의 해는 아침 무렵만 되어도 뜨겁게 달아올랐다. 농부들은 땅이 달궈지기 전에 하루치의 일을 서둘러 시작하곤 했다.

매일 노부부가 둘이서 테니스를 쳤다. 자식들을 수도권으로 보내고 머루 하우스를 운영했다. 남편은 거기에서 면장님으로 불렸다. 70세에 가까운 정년퇴직한 면장님이었다. 그 어른은 우연히 알게 되었는데 우리 가족에게 농가를 알선해주면서 라켓만 하나 들고 오면 테니스를 가르쳐주겠다고 했다. 나는 정말로 라켓만 달랑 들고 갔다. 고수와 칠 때는 새 공을 준비해 가서 캔을 개봉하는 센스를 보여야 한다든가, 공은 두 개를 연달아 보내지 말고 하나씩 원 바운드로 잡기 편하게 던져주어야 한다든가, 남의 코트에는 절대로 들어가지 말아야 한다든가, 하는 디테일한 매너를 몰랐던 것은 둘째치고, 초보에게 공을 던져주면서 상대편이 되어 쳐주는 것이 얼마나 힘든 일인지 짐작조차 하지 못했다. 내 공을 받지 못해서 뛰어다니는 면장님을 보면서 웃기까지 했으니, 정말 매너 없는 녀석이었다. 늦잠을 자서 면장님 부부와 시간이 엇갈리면 혼자 벽과 놀아야 했다. 소나무 숲 고요한 코트에서 여름 땡볕을 받으며 공에 집중했다. 면벽하고 공을 치면서 얼마나 사람과 쳐보고 싶었는지 모른다. 아는 사람이 아무도 없는 정선의 고요한 코트에서 그렇게 놀다가 서울로 돌아왔다. 면장님이 헤어질 때, 나중에는 게임도 할 수 있으면 좋지 않겠냐고 코트에서 한번 만나

자고 했다. 나는 답례로 정선 읍내에 나가서 게임용 테니스공을 세 캔 사다드렸다. 그 정도 드리면 예의가 차려지는 줄 알았다. 공 세 캔은 너무나 민망하다, 지금 생각하면. 하지만 그때는 몰랐다. 공이 닳아서 찢어지지만 않으면 계속 사용 가능한 것이 테니스인 줄 알았으니까. 숲으로 날아가 찾을 수 없게 됐을 때에야 새 공을 따는 것으로 알았으니까!

나는 글도 아침에 쓰고, 공부도 아침에 하고, 술도 아침까지 먹는 걸 좋아한다. 다짜고짜 레슨장을 찾아갔는데 비어 있는 시간이 아침밖에 없었다. 한창 술을 마시고 다니던 때라 아침에 운동을 하기로 되어 있다면 밤술이 저절로 제어될 것이라고 여겼다. 생활 패턴도 조정할 겸 그 시간대로 등록했다. 처음에는 살이 빠지는 재미로 열심히 다녔다. 두 달 사이에 4킬로그램이 빠졌다.

당구는 200을 친다. 잘 치는 200이기도 하고 못 치는 200이기도 하다. 당일의 컨디션이나 알코올 섭취량이 당구 수준을 결정하기도 하지만 무엇보다 중요한 것은 상대의 실력이란 건 도박이나 다른 스포츠와 유사하다. 고수와 치면 못 치는 200이 되고, 하수와 치면 잘 치는 200이 되는, 내 실력은 그 정도이다. 솔직히 테니스를 시작하면서 당구 200정도의 사회적 기능이 마스터되면 목표 달성이라고 생각했다. 큰 내기를 걸 정도는 아니지만 그럭저럭 재미삼아 내기 당구 칠 정도는 되는 수준이 당구 200이다. 그런데 당구장에서 죽돌이로 살던 20대와는 달리 테니스만 내리 치고 있을 수는 없어서 테니스를 그 수준에 올릴 일은 까마득해 보였다. 그리고 나를 당혹케 했던 경험, 테니스란 레슨만으로 이루어지는 것이 아님을 뼈저리게 느끼게 되었던 사건. 어딜 가나 사파들이 있다. 사악하다는 뜻으로 邪派(사파)라고 쓰기도 한다. 아, 그들이 교과서 바깥쪽 삶에서 나온 노련한, 종잡을 수 없는, 예측 불허의 스킬로 공을 넘길 때 속수무책으로 무너져 내리던 내 온순한 레슨 테니스란……. 돈 들이고 시간 들여서 배우고 또 배웠던 테니스 레슨이란……. 더 말하고 싶지 않다.

노 선배한테서 들은 명언에는 이런 것이 있다. "누구에게나 슬럼프는 찾아온다. 슬럼프가 왔을 때 빠르게 회복하는 사람이 고수이고, 대책 없이 헤매는 사람이 하수다." 코치도 비슷한 말을 내게 했다. 슬럼프가 왔을 때 고수는 기본으로 돌아갑니다. 기본을 알고 있기 때문에 그러는 거예요. 하수는 자기가 안 했던 걸 새로 하려고 해요. 기본을 모르니까 그러는 거예요. 새것을 배워야 된다고 생각하는 거예요. 기본을 하라고 주문하면 자기는 기본을 한다고 대답해요, 하수도. 근데 보고 있으면 그게 기본이 아니거든요. 코치의 말을 요약하자면 이런 것이다. 기본을 안다고 말하지만 하수가 알고 있는 기본은 진정한 기본이 아니다. 흔들리는 기본을 기본이라 부를 수 없다. 진정한 기본이란 흔들리지 않는 그 무엇이다. 사파들에게 무너지면서 나도 내게 새로운 것이 필요하다고 확신했다. 그런데 내가 돌아갈 기본은 어디에 있었던가. 하수라서 없는 기본이 새로운 것 찾아 나선다고 내 몸에 저절로 들어올 리 없었다.

게임에서 참을 수 없는 것은 쉬운 볼 자기 범실이다. 한번 실수하게 되면 한 번으로 그치지 않고 반복되어 게임을 망치게 된다. 그때 라켓은 공을 치라고 있는 게 아니라 바닥을 쳐서 부러뜨려버려야 하는 용도로 고안된 물건처럼 생각된다. 파트너에게 미안한 것은 둘째 치고 나 자신이 싫은 것이다. 스트레스 풀려고 운동 나갔다가 역으로 스트레스에 짓눌려 흥분하고 마는 것이다. 바닥을 치든 네트 기둥을 치든 라켓을 아작 내버리고 싶어지는 것이다. 그럴 때 내 마음을 조용히 누르는 말이 있다. "물은 웅덩이를 채운 다음에 흘러간다." 신영복 선생이 《강의-나의 동양고전 독법》에서 인용한 《맹자》의 한 대목이다. 맹자님 말씀이 묵묵히 시간으로 쌓여가는 구력의 힘과 웅덩이를 채울 연습을 유도하신다. 웅덩이가 나타나면 그것을 채운 다음에 자연스럽게 흘러가리라. 레슨 2년이면 20년을 편하게 친다는 말도 있다. 우웩, 2년이나?

해보면 2년, 별것 아니다. 재미가 커지다 보니 기간이 자꾸만 늘어난다. 나는 기본을 다지기 위해서 레슨을 받고 있다. 남들한테는, 특히 사파들에게는 레슨을 받는다는 말을 못 꺼낸 채 몰래 다니는 지경이다. 레슨을 받으려면 용돈을 아껴야 한다. 내 수준에 슬럼프를 운운하기는 아직 이르지만 어느 날 슬럼프가 왔을 때 돌아갈 기본이 없다면 얼마나 쓸쓸하겠는가를 생각한다. 쓸쓸함은 소설 앞에서만으로도 충분히 겪고 있다. 나는 배우는 것이 좋다. 흔들리지 않는 기본을 배울 수 있는 기회가 있으니 이 얼마나 다행스러운 일인가. 그런데 소설은, 예술은? 살짝 하는 말이 될 것이다. 나는 아침 레슨에서 라켓을 들고 남들 모르게, 어느 누구도 눈치챌 수 없도록 은밀하게, 소설 창작을 생각한다. 기본은 무엇인가. 웅덩이는 무엇인가. 채워야 할 것은 무엇인가. 채운 다음 어디로 흘러갈 것인가. 누가 슬럼프 앞에서 헤매게 될 것인가.

해설
소설을 이끄는 소설

김나영(문학평론가)

나는 궁금하다. 당신은 《소설에 대하여》가 소설 창작에 관한 기술서라고 생각하는가, 아니면 소설집이라고 생각하는가. 발단부터 결말까지, 소설의 구성 단계를 따라 목차를 정하고 있다는 점에서 이 책은 분명히 '소설의 형식'에 관한 일종의 안내서라는 것을 알 수 있다. 실제로 각 장의 도입부에는 각 단계가 소설에서 하는 역할에 관해 친절하게 설명하고 있다. 그러니 "9회 말 투 아웃 만루 상황에서 던지는 첫 공"이 소설의 발단이라는 설명으로 시작되는 장에 묶인 작품들은 소설의 바람직한 발단의 예를 보여주는 실제로 읽을 수 있는 것이다. 수많은 문학 작법서에서 마주할 수 있는, 문학의 이론에 근거한 난해한 설명보다 훨씬 직관적으로 소설의 구성 단계를 이

해할 수 있도록 한다.

하지만 한편으로는 이 책은 초단편 소설 스물다섯 편을 묶은 작품집이기도 하다. 소설의 구성 단계에 대한 간단명료한 설명 이후에 평균 예닐곱 편의 작품이 예시처럼 뒤따른다. 이 책은 소설이 무엇인지를 보편적인 이론을 통해서 설명하기보다는 저자가 창작한 작품을 통해서 소설이라는 추상의 세계 속으로 독자를 직접 안내한다. 그 독자가 예비 작가라면, 혹은 이 책을 읽고 작가가 되고 싶은 마음을 갖게 되었다면 이 책은 창작방법에 관한 설명서로서도, 플래시픽션 모음집으로서도 더할 나위 없이 성공적일 것이다.

좀더 구체적으로 말해보자. 이 책에서 안내하고 있듯이 소설은 일반적인 구성의 단계를 갖는다. 대개 소설은 발단, 전개, 위기, 절정, 결말이라는 다섯 단계를 기본으로 구성된다. 발단은 이야기를 이끌어갈 인물이 등장하고, 이야기의 시간 · 공간적 배경과 어떤 사건이 벌어질 예정인지가 대략적으로 제시되는 단계다. 발단은 인물과 사건에 관한 정보를 모두 주는 것이 아니라 실마리 수준에서 제공하는 역할을 함으로써 이야기에 대한 흥미를 북돋아주는 역할을 하는 것이다. 전개는 사건이 진행되고 복잡해지는 단계다. 여러 인물이 등장하는 이야기라면 인물들 간의 대립과 갈등이 나타나는 때이기도 하다. (이 책에서는 생략한 위기는 여기에서 나타난 갈등이 점차 심화되고 때로는 극적인 반전이 등장하기도 하는 단계다.) 절정은 갈등이 최고조에 이르러 이야기가 극도의 긴장 상태에 이르는 단계다. 여기에서 대부분 이야기의 주제가 선명하게 드러나고 사건 해결의 실마리가 제시되기도 한다. 결말은 대개 이야기를 주도한 갈등이 해소되거나 문제가 해결되는 단계로 알려져 있다. 한 편의 소설은 완결의 형식을 갖추었으나 사건이 해결되지 않는 등 이야기는 끝나지 않은 듯한 인상을 주어 독자가 스스로 그 결말을 상상하게 하는 '열린 결말' 방식 또한 흔히 쓰인다.

눈밝은 독자라면 벌써 눈치챘겠지만 이 책의 특징을 말할 때 소설의 구성 요소 가운데 위기를 생략했다는 점을 꼽을 수 있다. 사실 목차에 따르는 형식상 빠져 있을 뿐, 각 구성 단계의 역할을 설명하는 장의 서문에서 위기는 어느 단계에나 필요한 일종의 효과처럼 스며있다. 다시 말해 이 책은 '9회 말 투 아웃 만루 상황'과 '서핑의 기술'에 비유해 소설의 구성 단계를 설명함으로써, 위기가 절정 이후, 결말 이전이라는 한 순간의 단계로 작용하는 게 아니라 소설 구성의 매 단계에 배경처럼 깔리는 요소여야 한다는 것이 기술되지 않고도 기술되어 있는 셈이다.

작품집이나 작법서냐의 구분이 무의미한 것은 이 책이 몸소 보여주고 있듯, 서로 만나지 못할 것 같은 두 종류의 역할 중에 하나가 작동하면 나머지 하나는 뒤따르는 효과처럼 발휘되기 때문이다. 즉 이 책이 작법서의 역할도 충분히 한다면 그것은 아마도 머리말부터 맺음말까지 읽고 났을 때 받게 되는, 이것이 하나의 잘 짜여진 이야기 같다는 인상 때문일 것이다. 그러니 우리는 이 책을 소설(작법)에 대해서, 혹은 소설(이라는 생명)에 대해서 쓰인 연작소설이라고 해도 좋을 것이다. 여기에 뜬금없이 의문 아닌 의문 하나가 개입할 수도 있다. 사실과 소설의 구분은 어디에서 오는가. 사실은 누구나 동의할 수밖에 없는, 그러나 활력도 주인도 없는 그런 것이라면 소설은 그렇지 않은 모든 것이 응축된 에너지처럼 여겨질 때가 있다. 기묘하고도 분명하게 풍기는 누군가의 체취처럼. 혹은 불을 끄고 잠자리에 누웠을 때 불현 듯 선명해지는 무의지적인 기억처럼. 일상적인 시간으로부터 떨어져 나와서 스스로 복기하게 되는 이야기이기 때문이다. 그 앞에서 사실(이론)은 언제나 성급하고 성마른 것처럼 여겨진다. 어쩌면 지금도 수많은 예비작가들은 누구나 할 수 있는, 수학 공식과 같은 이론을 따라서 비슷비슷한 이야기를 구성하느라 수많은 밤을 지새울 것이다. 그런 노력을 완전히 무의미하다고 할 수는 없지만 거기서《소설에 대하여》처럼 개성적인, 이론서 아닌 이론서, 소설 아닌 소설을 읽었을 때의 놀라움과 변화를 기대하기는 어려울 것 같다.

이 책의 머리말에서 소개한, 헤밍웨이가 쓴 냅킨 위 소설이 대단한 것은 그것이 세상에서 가장 짧은 소설이기 때문만은 아니다. 여섯 개의 단어가 소설의 구성 단계인 발단, 위기, 절정, 결말을 모두 표현해내고 있어서가 아니라는 말이다. 그의 이야기는 누구나 각자의 시간 속에서 상상해봄직한 '그다음'을 기약하게 하기 때문이다. 소설을 이끌어내는 소설, 그런 힘이 이 책에 실린 글에도 분명히 있다.

소설의 순간들

1판 1쇄 인쇄 2020년 2월 21일 **1판 1쇄 발행** 2020년 3월 2일
지은이 박금산
펴낸이 고세규
편집 이승희 **디자인** 정윤수

발행처 김영사
주소 경기도 파주시 문발로 197(문발동) 우편번호 10881
등록 1979년 5월 17일(제406−2003−036호)
구입 문의 전화 031)955−3100 **팩스** 031)955−3111
편집부 전화 02)3668−3292 **팩스** 02)745−4827 **전자우편** literature@gimmyoung.com
비채 카페 cafe.naver.com/vichebooks **인스타그램** @drviche **카카오톡** @비채책
트위터 @vichebook **페이스북** facebook.com/vichebook
ISBN 978-89-349-8788-8 03810 책값은 뒤표지에 있습니다.

비채는 김영사의 문학 브랜드입니다.
이 도서의 국립중앙도서관 출판예정도서목록(CIP)은 서지정보유통지원시스템 홈페이지(http://seoji.
nl.go.kr)와 국가자료공동목록시스템(http://www.nl.go.kr/kolisnet)에서 이용하실 수 있습니다.
(CIP제어번호: CIP 2020006984)